フルタイムライフ

柴崎友香

kawade bunko

河出書房新社

目次

フルタイムライフ

五月

　書類を細かく切り刻むシュレッダーは、どういう仕組みになっているのかはわからないけれど、一度にたくさんの紙を入れることができない。ホッチキスの針もいちいち外さなければならない。一つぐらい針がついたままでも、何の異常もないように飲み込んでしまうけれど、シュレッダーの刃が欠けて傷みが早くなるらしい。普通のコピー用紙なら多くても十枚ぐらいがこの機械には限界で、それ以上だとがこがこっと大きな音を立てて動きが止まり、入れた書類は途中まで切れ目が入った状態で逆向きに吐き出される。このシュレッダーは、細切りではなくて一センチメートルくらいの正方形に裁断するタイプで、途中で戻ってきた紙は三分の一ぐらいが一センチ幅に切り目を入れられていて、そのぴらぴらした形は七夕《たなばた》の飾りみたいに見える。

「喜多川《きたがわ》さん、まだシュレッダーしてんの？　わ、すごい量やな」

　シュレッダーの右隣に置いてあるコピー機を使いに来た長田《ながた》さんが、足下の段ボール箱から溢《あふ》れだしている書類を見て驚いた。営業部の長田さんは、茶色いショートヘアを昨日さらに短くしてきた。グレーの制服を着ていても、大学の時の友だちと雰囲気が似ているから話しやすかった。

「そうなんですよ、浜本《はまもと》部長の大掃除、かなり激しかって」

朝九時の始業と同時に突然、上司の浜本部長が机と棚を片づけ始め、ごっそり出た不要な書類のシュレッダーをわたしに頼んだ。朝は午後の会議の資料の用意があったので、お昼休みが終わってからこの作業を始めたのだけれど、一時間経っても全然終わらない。

「浜本部長、思い立ったらそのときやから。ほら、前うちの副部長やったやん？　わたしもシュレッダー地獄、何回かあったわ」

一年前まで浜本部長が長田さんのいる第一営業部だったことは、何度か聞いていた。勤続五年目の長田さんは、慣れた手つきでほとんど機械的に、仕様書《しようしょ》をコピーし続けていた。

「適当にやっとけばええで。今日、そんなに忙しくないんやろ？　ゆっくりやり」

「でもこれ、結構面倒くさくないです？　ホッチキスの針取らなあかんし、綴《と》じ紐《ひも》とか留め金とかついてたりするし」

シュレッダーの処理速度も速いので、次々に紙を投入し、その合間に針を外したり適当な枚数に分けたりするのはそれなりの技術が必要だと、やり始めてから気がついた。

「そうやなあ。苛《いら》ついて入れすぎたらすぐ噛《か》むし。それに、ここ、人が通るからさぼるにさぼられへんしねえ」

長田さんは話しながらも手を休めることはなかった。まだコピー機の使い方に戸惑うわたしは、折りたたんであったり大きさが不揃いだったりするややこしい資料をさっさとコピーする長田さんを見て、三、四年働くとわたしもこうなれるのかな、と感心していた。

「さっきも、第一営業の、えーっと藪内《やぶうち》さんでしたっけ？　なんか歌いながら通りましたよ」

シュレッダーとコピー機が置かれているのは、総務や経理とわたしのいる経営統括部があるスペースと、フロアの反対側の営業本部があるスペースを繋《つな》ぐ通路部分で、だからひっきりなしに人が行ったり来たりして、しかも営業のほうからは丸見えなので、わたしはシュレッダーをさぼれない。

「え？　藪内さんは今日は九州出張やで。誰のこと？」

「違います？　あの、太めで眼鏡かけた」

「それは、内田《うちだ》さん。まあ、似てないこともないけど。まだ、覚えられへんよねえ」

コピー機のガラスとカバーの隙間で、画像を読みとる光が動いている。その前に立っている小柄で細い長田さんは、顔立ちも幼いので仕事の話をしていないと三つも年上には見えない。

「仕事で用事があった人は覚えてきたんですけど、ほかはなかなか……。なんていうか、おじさんって見慣れてないから、あんまり区別がつかないんですよ」

「あはは。わたしも入ったばっかりのときはそんなこと思ったけど。そのうち嫌《いや》でも覚えるから」

そう言われても、関連会社を併《あわ》せると従業員は全部で五百人以上いて、この大阪本社だけでも百人近くはいるみたいだったから、その人数を思い浮かべるだけで頭の中が占領されていくみたいに思った。コピーをし終わった長田さんは営業本部に戻りかけて、振り返って聞いた。

「そうや、夏休み、なんかフェスとか行くの？」

つい三日ほど前、お互いにロック系の音楽が好きだということが発覚した。長田さんはなんでも聴くらしく、特にライブやイベントに行って盛り上がるのが好きみたいだった。

「うーん、まだ考えてないいんですけど、どれか行こうかなって友だちとは言うてます」

「わたし、フジロックは絶対行って、あと一つ行くつもり。行くんやったら、会場で会おうね」

もうチケットを取っている長田さんは、二か月以上先のことなのに両手を握《にぎ》って気合いを入れるポーズをしてから、自分の机のほうへ戻っていった。

長田さんに気を取られていたからか、がたん、と音がして、シュレッダーが止まり、七夕飾りのような書類を吐き出した。わたしは吐き出された紙の束《たば》を拾い、切れ込みの入った部分がくっついているのでひっぱって分けた。切れ込み部分から紙の粉がばらばら落ちた。半分の薄さになった紙束をもう一度シュレッダーに順番に入れ、それからはしばらくリズムを乱すことなく、シュレッダーに紙を送り続けた。

「おー、まだやってんのか、それ」

周りが少し薄暗くなったと思ったのとその声に振り向いたのはほぼ同時で、廊下《ろうか》の真ん中には山口《やまぐち》課長が立っていて、濃い灰色のスーツに包まれた縦にも横にも大きい体で蛍光灯が遮《さえぎ》られていた。

「まあ、ぼちぼちやりいな」

言いながら、山口課長はわたしの後ろを通って、コピー機の向こう側に置かれたオフィス用のコーヒーのカップ式自動販売機まで歩いた。そこでまた紙を詰まらせてしまい、一段と大げさな音を立てて機械が止まった。

「お、壊したらあかんで、初月給から弁償《べんしょう》してもらうで」

カップに落ちるコーヒーの雫《しずく》を待ちながら、四十歳過ぎと思われる山口課長は、このぐらいの年齢の人がいかにも言いそうなコメントをした。

「壊してないですって。脅《おど》かさんといてくださいよ」

わたしは愛想笑いをして、当たり障《さわ》りのないことを答える。学生のときに想像していたのとは違って、この受け答えがそんなに嫌だというわけでもない。廊下には、コーヒーの匂《にお》いが漂《ただよ》った。

「おれ、ちょっと喫煙コーナーで打ち合わせしてるから。よろしく」

語尾は歌うように伸ばして、軽い足取りで、山口課長は来たのとは逆の方向の営業のフロアのほうへ歩いていった。営業のフロアの打ち合わせスペースの一部が喫煙コーナーになっていて、煙草《たばこ》を吸う男性社員はしょっちゅうそこへ行く。

廊下にはコーヒーのいい匂いだけが残って、自分もコーヒーを飲みたくなったけれど、紙を投入することとホッチキスを外すことだけでも両立できていなかったので、足下《あしもと》の段ボール箱に詰まった大量の紙を見て、どこで一段落にすればいいのかわからなかったけれど、とにかくコーヒーは一段落してからにすることにした。段ボール箱には、パンパースのロゴが印刷してあって、なんでこういう箱が会社にあるのかなと思った。積まれた書類を上から両手で摑《つか》める分だけ持ち上げて、机の上に置いた。いちばん太い針で、三か所もホッチキスで留められている書類が続いていて、外すのが大変そうだったので、先に針だけをまとめて外してしまうことにした。

ステイプラー用リムーバーという、会社に入って初めて知った便利な事務用品で針を外しながら、これからシュレッダーする書類をなんとなく見ていると、十年以上前の、これからどんな機械を開発するかを決める会議で使った資料だということに気がついた。

一枚目は、ハート形のチョコレートを入れる丸っこいハート形の箱を作る機械で、添付《てんぷ》された商品の写真には見覚えがあった。小学三年生のときに流行《はや》ったお菓子だったのを思い出し、自分が好きだったお菓子の包みがこの会社の機械で作られたものだとわかってなんとなくうれしくなった。主に食品の包装をする機械を製造するこの会社に入ってから、スーパーやコンビニエンスストアに行くたびに、パッケージの形や素材が気になるようになった。だけど、先輩の長田さんや桜井《さくらい》さんは、そんなのが気になるのは最初のうちだけで、何年かすればよほど変わったモノを見つけたとき以外は気にしなくなる、と言っていた。

「喜多川さん、山口課長知らへん?」

同じ部署の桜井さんが、廊下の端から覗《のぞ》いた。

「さっき、喫煙コーナーで打ち合わせするって言うて、あっち行きましたよ」

「また? 隙があったらすぐこれやから」

桜井さんは長い黒髪をべっ甲色の飾りのついたゴムでまとめなおしながら、廊下を営業のフロアに向かって歩いていった。わたしの後ろを通るとき、ゆっくりやったらええよ、と長田さんと同じことを言った。

桜井さんが喫煙コーナーのほうへ曲がって姿が見えなくなってしばらくすると、山口課長が大きな体を揺すって一番奥の営業本部長のほうへ慌《あわ》てて走っていくのが見えた。そのあとで、桜井さんがゆっくり歩いて戻ってきた。

「えらい人に呼ばれたら飛んで行くねんから。ほんま調子ええわ」

山口課長が走っていった方向をちらっと睨《にら》むように言いながら、だけど今日は仕事に余裕があるので、本気で腹を立てているようでもなかった。

「コーヒー飲む？」

自動販売機の前に立ってコーヒーの種類を選びながら、桜井さんがわたしに聞いた。

「えーっと、これ終わってからにします」

「まだまだ終わらへんと思うで。まあ、でもそういうのって一回手を止めたら次に始めるのが嫌になるかもね」

そんなに背は高くないけれどバランスのいい体型の桜井さんは、仕事のときは長い髪をいつも後ろで一つにまとめていて、その無駄のない感じがグレーの制服によく合っていた。すっきりした目鼻立ちの顔も、顔の形容としては変かもしれないけれど「無駄がない」という言葉がぴったりに思えた。

「そうなんですよ。休憩したら、もう嫌になりそうで。ずっとやってると、手が勝手に動いてくれる感じなんですけど」

桜井さんの前の紙コップにはコーヒーの茶色い水滴がぽとぽと落ちて溜《た》まっていき、また廊下はいい匂いが広がっていった。桜井さんは紙コップを取ってわたしの後ろを通り過ぎて席に戻るのかと思ったら、隣で机の上にコップを置いて、段ボール箱から簡易製本された書類を拾い上げて分け始めた。

「これ、結構めんどくさいやろ。数字ばっかり見てて疲れたし、わたしがちょっと休憩」

桜井さんは手を休めないでちょっと笑い、わたしがタイミングを逃して隙ができたシュレッダーに、分けた紙をさっとつっこんで、話を続けた。

「今日は楽やわ。経理関係の人はみんな会議に入ったから静かやし。これぐらいの時期はだいたいゆっくりやな」

「まだ、一か月ちょっとやからわからなくて」

「うちの部署やったら、営業の締め日の前後、月末とかと、経営会議の前が忙しいけど、喜多川さん、社内報と広告やるんやろ？　営業の締めより、やっぱり社内報出すときとか、展示会が忙しいんちゃう？」

桜井さんは見る間にまとまった量の紙をばらしてしまい、机に少しだけ腰をのせてコーヒーを飲んだ。総務部に一人、四十代半ばと思われる女の人がいるのだけれど、その人は仕事以外ほとんどしゃべらない。だから会社の女の人の中では、今年で勤続十年目、二十九歳の桜井さんがいちばん年上だという感覚で、わからないことはとりあえず桜井さんに聞くことにしている。わたしにはまだ毎日同じ会社に十年通うことが想像できない。

「社内報、先月出した分はほとんど見てただけって感じやし、まだいつがどのくらい忙しいのか見当つかないんですよね」

わたしはやっとしゃべりながらでもシュレッダーのペースを乱すことがなくなってきていて、窓が少しも見えなくて機械とコピー用紙の棚が並ぶ、蛍光灯はちゃんと光っているのにどこか薄暗い感じのする廊下に、紙を刻む音を響かせ続けた。

「とりあえず、今日は忙しくないわ」

桜井さんは笑って、それからシュレッダーが終わったら案内状を送るのを手伝ってほしいと言い残して、半分ぐらい飲んだコーヒーのカップを持って経営統括部のほうへ戻っていった。わたしはまた廊下で一人になり、やっとあと一時間ぐらいで終わりそうな気配が見えてきた書類の山を、ひたすら片づけた。少しだけ見える営業のフロアでは、ときどき人が左に右に移動するのが見えた。電話の声が、何度も聞こえる。電話に向かって大声で話す声も聞こえてくる。それからプリンターの出力する音も聞こえていた。

この状況をどんなふうに吉岡《よしおか》くんに話そうかと考えていた。先週吉岡くんに会った日から一週間の間に、わたしは各営業部に電話して資料提出の確認を取るとか広告の営業に来た人に応対して断るとか社内報を印刷するとか、たくさんの新しいことを、知ったりやったりした。そのなかでもこのシュレッダーの作業は、会社に入ってみた人しかわからない経験のような気がしたので、もう一年大学に残ることになってしまった吉岡くんはきっとおもしろがって聞いてくれると思った。夕方仕事が終わったら、電車に乗って吉岡くんに会いに行こうと思っていた。吉岡くんは木曜日は学校にもバイトにも行かないで家にいると言っていた。大学の近くのアパートの一階のいつも散らかっている部屋で、なにをどう話せば吉岡くんがいちばんおもしろがるか、頭の中で何度も順番を入れ替えてみた。

　ピーピー、とアラームが鳴り、紙屑《かみくず》がいっぱいになったことを示す赤いランプが点滅した。機械の中にセットしたビニールを取り替えなければならない。一時間ほど前に、総務の水野《みずの》さんに手伝ってもらって一度やったけれど、紙屑の詰まった袋は見た目のふわふわした感じとは違ってびっくりするくらい重くて、あの重いポリ袋を業務用エレベーターの前まで持っていくのはかなり大変そうだと思いながら、機械の扉を開けた。シュレッダーは上部の裁断する装置以外は単純な箱で、マグネットの手応えを感じながら薄いスチールの扉を開けると、隙間から白い紙切れがいくつかひらひらと舞った。中にセットされた箱を出し、盛り上がった紙屑を押さえながらポリ袋の端を結んでいると、水野さんが通りかかった。ふんわり巻いた髪をゆらしてゆったり歩いてくる水野さんの顔を見ると、この人でも慌てたり怒ったりすることってあるのかなと思う。

「あー、またいっぱいになったん？　そんなん、一人で持たんでええよ」

　水野さんは、ゆっくりとしゃべるその間に、もうポリ袋の結び目をわたしの手から奪ってきっちり固く結んだ。

「大丈夫ですよ。これぐらい」

「ええのええの。まだ最初なんやから、やってもらえることはなんでもやってもらっとき。よいしょ」

　二人でタイミングを合わせて、重い袋を持ち上げて出した。ポリ袋が伸びて破れてしまいそうに重いその袋を、二人でエレベーターホールまで引きずった。中腰の姿勢のまま移動するあいだ、会社でのメイクってこういうふうにすればいいのか、と水野さんの顔を見ていた。

「今日は、妙に暇やわあ。明日もこんなんやったらええのに、忙しいんやろなあ」

「明日はなんかあるんですか」

「ほんまは今日就業規則の印刷するはずやったのに、営業さんに取られてん、印刷機。明日は友だちと映画行くから、絶対六時には帰りたいのに」

　微笑《ほほえ》みながら文句を言う水野さんからは、そんなに切実な感じは受け取れなかった。普通のエレベーターより高さも幅もある業務用のエレベーターの茶色い扉の脇に積まれた五、六個のゴミ袋の山にシュレッダー屑の袋を載せると、仕事が終わったような気分になりかけたけれど、残りのシュレッダーを手伝おうかという水野さんの申し出を断って、わたしはまた一人で、床も天井も壁も似たようなくすんだベージュ色の廊下に戻った。ごみを捨てに行っている間にまた誰かがコーヒーを入れに来たのか、匂いだけが残っていた。

　十年前の名簿も先週の営業成績も、同じ速さでシュレッダーに吸い込まれていくのを見ながら、大学を卒業する二週間前にやっと就職が決まったときに、友だちと給料の計算をしたのを思い出していた。月給の手取りを単純に労働時間で割ってみると、何度かやった家庭教師のアルバイトの時給の半分もなくて、二人で少し落胆した。だけど、今こうして体力を使うこともなくシュレッダーをしてそれだけの時給だったらとても楽な仕事やな、と思った。でも、こんなんでいいのかなという気持ちが消えなくて、今日の午後がこれだけで終わってしまったらやっぱりすっきりしない気がした。

段ボール箱の中にはまだ紙がどっさりあって、もうこの作業にはとにかく飽きていたし、箱ごとつっこんでも一気に裁断してくれる機械に交換してほしかった。

一時間後、空になった段ボール箱を持って廊下から脱出し、やっと窓の外を見た。御堂筋《みどうすじ》に面したビルの十三階という恵まれた位置の壁いっぱいの窓の向こうには、もうすぐ夏になるとても爽《さわ》やかな青い空と、その下にびっしりと精密な機械のように大小の建物が詰まっている大阪の街が広がっていた。経営統括部のあるフロアは真東を向いているので、正面の一番遠くには、生駒《いこま》の山並みが横たわっていた。西に傾きかけた日差しを受けて、山の緑色も谷筋に沿った影も、くっきりと見えた。わたしは振り返って、壁の真ん中にある、中学校の教室にあったのとよく似た大きな丸い時計を確かめ、三時間もひたすら書類を紙屑にしていたのだと思った。

「あー、やっと終わったんや。お疲れ」

廊下に近い席に座ってプリントアウトした書類を揃《そろ》えていた桜井さんが、わたしに気がついて振り返った。会議はまだ続いているようで、経営統括部には桜井さんしかいなかったし、隣の経理部に座っているのも三人の女子社員だけで、フロア全体が静かで穏やかな雰囲気《ふんいき》だった。

「早速《さっそく》で悪いんやけど、この案内状封筒に入れるの手伝ってくれへん？　わたしが折るから、喜多川さんがこっちに座って封筒に入れる」

桜井さんは、しゃべりながら滑《なめ》らかな手つきで書類と封筒を並べて、向かい側の椅《い》子《す》を指した。グレーのスチールデスクが四つずつ向かい合わせて並んだ島の真ん中で電話が鳴り響き、すぐに出た桜井さんが、すらすらと問い合わせに答えた。視界の端で何かが動いた気がして顔を上げると、地上三十メートルの窓の外を鳩が飛んでいった。


地下鉄に乗ったらちょうど目の前の席が空《あ》いて、樹里《じゅり》と並んで座った。

「春子《はるこ》、いっつもこの時間に帰れるんや。ええなあ」

大学で一年からずっと仲の良かった樹里は、今はわたしの会社から歩いて五分ほどのところにある古着と輸入物を扱う洋服屋さんでアルバイトをしている。学生のときからときどきいっしょにポストカードやどこに出すというわけでもない写真集を作っているけれど、その活動は別々の仕事に就《つ》いても続けようとは言っている。

「その分朝早いもん。樹里は十一時からやろ？」

会社が終わってすぐだったので、まだラッシュは本格的になっていなかったけれどじゅうぶん込んでいた。すぐ前に立っている黒っぽい色のスーツがまだしっくり来ていない、わたしと同じ新入社員かもしれない男の子の足が、わたしの膝《ひざ》に当たってている。

「でも、仕事すんだらもう九時ぐらいって悲しいで。映画も行かれへんやん」

「そうか。わたし、毎日寄り道してるもんな」

研修が終わって、今いる大阪本社に通うようになってから二週間ほど経ったけれど、必ず毎日どこかに寄り道していた。百貨店とかドラッグストアとか本屋とか。

「ＯＬかあ。一回やってみるんもおもしろそう」

樹里が頭の上で揺れている吊《つ》り広告を眺めて言った。そのファッション誌の広告は二十代の女性向けで、ちょうど「通勤ファッション着回しワードローブ」や「職場で好かれるメーク、合コンで勝つメーク」なんていう見出しが並んでいた。表紙モデルはセミロングの髪を巻いてベージュのスーツを着ていて、わたしも今までは「ＯＬ」という言葉にそういうイメージを持っていたけれど、自分はやっぱり会社員になってもあんなきちんとした格好をするわけではないし、同僚の女の人たちの服装ももうちょっとくだけた感じが多い。

「おもしろいで。会社。おっちゃんばっかりで、ほんまにコピーしたりお茶入れたりするねん。なんか、まだ、そういう役をやってみてるっていう感じ」

大学でもう卒業間際になって急に今の会社に就職が決まるまで、自分が機械の会社の事務職になるなんて考えたことがなかった。両親は公務員で、四つ下の妹も影響を受けたのか堅実に公務員試験の勉強をしている。でもわたしは、たぶん同じ道は避けていたところもあったんだろうけれど、かえってそんな職業に興味を持ったことがなく、絵を描いたり洋服とか小物を作るのが好きだったので、単純に好きなことをずっとやれたら楽しいだろうと思って美術系の大学のデザイン科に入った。だけど、実際にそこで勉強するうちに、自分にはこういう仕事はできないと思うようになった。デザイナーとか絵を描いてやっていける人と、自分は違う。才能っていうことも大きかったけれど、それよりもまず行動力というか、実際に卒業して創作をするような仕事ができる人は、大学にいるあいだからどんどん個展やイベントをやったりコンテストで賞を取ったり雑貨屋で作品を売ったりしていて、わたしはそんな人の活動を見るたびに、すごいなあと感心する側で、ぼんやりしているうちに気がついたら置いていかれていることが多かった。

だから当然、デザイン関係の仕事と漠然《ばくぜん》と思っていても、厳しい就職活動で勝ち抜けるなんてことはなくて、卒業制作も終わってこのままだとアルバイト生活かなと思っているところに、たまたま担当の先生が就職課の仕事もしていたので呼び出されて見せられた求人票の会社が、仕事内容は社内報の編集・デザインと書いてあって、場所も心斎橋《しんさいばし》という通いやすくて遊びに行きやすいところだったので、受けてみた。人事部から連絡があったのは指定された期日を三日過ぎていて、会社に入ってからわかったけれど、どうも採用が決定した人が別の会社に行くと言い出したので、わたしに回ってきたらしい。

「セクハラとかあんの？」

樹里が単なる興味という感じで聞いた。

「話では気持ち悪いこと言うてくるおっちゃんのことも聞くけど、わたしの周りは温厚な人ばっかり揃てるんか、まだない。でも、いかにもおっちゃんの社会やなとは思う」

「今まで知ってるおっちゃんって、親と学校の先生と前のバイト先の店長ぐらいやわ」

樹里はマスカラのいっぱいついた大きな目をぐるっと動かして思い出しながら言った。樹里の働いている洋服屋さんは、オーナーも店長もまだ若い女の人だった。

「そうやろ。特にうちの学校の先生は、やっぱり芸術系やからそれなりに若いっていうか、まあ変わってたんやろな。だから、テレビで街頭インタビューされてる、サラリーマン代表ですってタイプの人がほんまにおるから、へえーって感心したり。前、部長と課長と会社の前歩いてるときに、心斎橋やからさ、若い子いっぱい通るやん？それでちょっと変わった格好の子が通って、もろインドっぽい上着着てる子とドレッドで全身ラスタカラーみたいな子やってんけど、そしたらそれだけで、うちの子供が

「あんな格好したら恥ずかしいとかあんな子らはろくに働けへんのやろとか言うてはって。うわ、わたしあんな服持ってるし、あんな感じの友だちもいるんですけど……って心の中で思って。会社には着て行かんように気をつけな」

山口課長は確か、色彩構成担当のけっこうかっこよかった先生と同じ年なんだけれど、先生よりずっと年の差を感じる。

「あー、花の刺繍《ししゅう》のやつ。かわいいやん、あれ」

「でもそんなん通じへんみたい。こないだ工場の女子社員ができちゃった結婚退職してんけど、けっこう陰口言われてた」

それを聞くと、樹里はふーっと息をついて座席に深くもたれた。

「なんか大変そ。うちの大学、特に自由やったから。まあよく言えばやけどね」

「うーん。けど、思ったより楽しいで。知らんことばっかりやから、勉強になるし。仕事自体があんまり忙しくないから余裕があるんかも」

確かに、何か月か前までは想像もしていなかった場所で思ってもみなかった制服を着て仕事をしているけれど、そんなに学生の頃と生活がまったく変わったという気はしなかった。

今日は店長の都合で早く店が終わるからいっしょに帰ろうというメールが、終業間際に樹里から来た。

「あーあ、はよ帰れるから春子とお茶でもしようと思ったのに。……吉岡くんとこ行くんか。……どお？　最近」

樹里は膝に載せたピンクの鞄《かばん》に肘《ひじ》をつき、わたしを上目遣《うわめづか》いに見た。

「どうって……。相変わらずやで。学校もバイトも、行ってるような行ってないような」

樹里が聞いてるのは、そういうことじゃないとはわかっていたけれど、わたしはわざと能天気《のうてんき》な調子で答えた。地下鉄が駅に滑《すべ》り込《こ》み、慌《あわ》ただしく人が乗り降りしてベルが響き渡るあいだ樹里は黙っていて、電車が再び走り出してから続きを言った。

「あのさ、べつにわたしそんなに人生経験があるわけとちゃうけど、好きって言われて返事するのに、友だちとして今まで通り仲良くしたいとかいう中途半端なことを言う人は、やっぱり後で困ったことになると思う」

樹里は珍《めずら》しく真剣な表情で、だけどわたしの顔は見ないで言った。車輪と線路がたてる音で、ときどき声が聞こえなかったけれど、言っていることはよくわかった。

「それはぁ、わたしもそう思うねんけど」

わたしも樹里の顔を見ることができなくて、鞄のファスナーの金具につけた飛行機のチャームがついた銀の鎖を意味なく触りながら、明るく答えた。

「でも、それでも、あのときはっきり断られるよりましやったなって、思うねん。だって、言われへんかったから、今でもこうやって遊びに行けるし、前と同じようにしゃべれるし」

天井で揺れている吊り広告を見回すようにして、樹里の肩の力が抜けたのを感じた。

「まあ、ええんちゃう？　春子がそう思うんやったら。吉岡くん、確かにおもろいし、悪い人ではないし」

「うん。悲しいのは悲しいけど、それより会っててうれしい気持ちのほうが、まだ全然勝ってるから」

「そや、ＣＤ貸したままやねん、三枚も。返してって言うといて」

「はよ返してもらっとかないと、なくされそうやで」

そのときはもうわたしも樹里も笑っていて、わたしは次の駅で乗り換えて吉岡くんに会いに行くまでの道順を思い浮かべていた。一週間ぶりに会えるので、ほんとうにうれしかった。地下鉄は一定のリズムで、揺れて進んだ。


吉岡くんの住んでいる築二十年くらいのとりたてて特徴もないアパートの一階の部屋のドアをノックすると、ドアが開いて女の子が言った。

「あ、こんにちは」

茶色くて短い髪で小柄の彼女は、普通の笑顔だった。対抗意識も、もちろんわたしに「勝った」なんてことは少しも考えていないということがわかる、素直に愛想を向けているかわいらしい笑顔だった。わたしは、「負け」が決定だと思っていた。そんな問題じゃないのに。

「こんにちは。……吉岡くん、いますか？」

「ちょっと待ってね」

彼女は、振り返って部屋の奥を窺《うかが》った。彼女には二度会ったことがあった。吉岡くんの高校からの友だちだと紹介された。彼女の後ろに吉岡くんが見えた。

「おーっす。なんや、早いやん。喜多川、ちゃんと働いてるん？」

「働いてるよ。まじめに会社員してます」

動揺しているのが、彼女にわかってしまうのは嫌だと、そればかり思った。吉岡くんは、一週間前に会ったときと同じ赤いTシャツにジーパンをはいていた。

「じゃあ、わたし帰るわ。また電話するし」

ほんとうにちょうど帰るところだったみたいで、彼女は白いローカットのコンバースをはき、足下に置いていた鞄を持ち上げて、わたしに会釈《えしゃく》をしてあっさり行ってしまった。吉岡くんがおいしいと言っていたので二つ買ってきた、駅前の洋菓子屋のシュークリームの袋を、気がつかれなくてよかった。

「あー、おととい、喜多川が言うてたラーメン屋行ったで。天満《てんま》の」

吉岡くんは、普段はどんなに散らかっていても気にしないのに、床の上に散らばった雑誌を拾い上げて揃えたり、テーブルの上のコップを流しに持っていったりしていた。

「おいしいな、ほんま。チャーシュー、五枚も載ってたし」

「そうやんな、おいしいやんな。長いこと行ってないから、わたしも食べに行こうかな」

吉岡くんが雑誌をどけて空いたところに、わたしは腰を下ろした。四角い寄せ木模様の板張りの床は、冷たくも温かくもなかった。シュークリームの入った袋は鞄の陰に隠した。吉岡くんは、さらに直接板の間の上に置いていたノートパソコンを片づけようとして、なにかおかしいと思ったのか、ちらっとわたしの顔を見てからそこに座り込んだ。

「仕事、慣れた？」

「まあまあ。今日は、三時間ひたすらシュレッダーしてた」

「なんやそれ。ほんまにちゃんとした仕事してんの？」

「してるよ。シュレッダーしながら、なにしてんのかわかれへんなあとは思ったけど」

「コピーとかすんの？」

「するよ。今日も……」

言いかけて、急にそこで続きがわからなくなった。何を言えばいいのかわからなくて、だけど言わなければいけないことはあった。吉岡くんは少し安心した様子で普通に笑っていて、狭苦しい四畳半ほどの台所を見回して、奥の六畳間との境のガラス戸の下に落ちていた煙草の箱に手を伸ばそうとしていた。そこに、わたしの声が響いた。

「さっきの人と、つきあってるの？」

体を捻《ひね》って腕を伸ばした不自然な体勢のまま、吉岡くんは顔をこっちに向けた。顔もまだ笑っていた。

「えっ、つきあってるっていうか、えーっと」

「花見で会ったときも聞いたら、そんなんちゃう、友だちや、って言うてたよね」

「あのときは、ほんまに、友だちやって……まだ……」

煙草をあきらめて体を元に戻した吉岡くんは、曖昧《あいまい》に笑っていた。照れているみたいに。わたしは、自分がどんな顔をしているのか確かめたいけれどできなくて、できるだけなんでもない顔をしていればいいなと思った。

「わたしが吉岡くんを好きやっていうこと、知ってるよね」

「だから……、えーっと、近いうちに話さなあかんなとは、思ってて」

わたしが泣いたり怒ったりしないので、吉岡くんにはまだそんなに切迫した感じはなかった。六畳間の奥で、掃き出し窓からまだ少しだけ残っている夕暮れの光が差していた。わたしは先週、玄関じゃなくて直接その窓のところに来て、吉岡くんとずっとそこで話をして楽しかった。ただそれだけのことなので、吉岡くんに対して怒る理由は、ほんとうはなんにもなかった。

「近いうち……」

「そうそう、そのうちに」

少しほっとした様子で、吉岡くんはまた煙草に手を伸ばして今度は取った。

「先週も、好きな人いてるんやったら言うてって、言うたやんね」

四月のはじめの花見で彼女に会ったときから、わたしはずっと気になっていた。先週ここに来たときも、その花見のときの写真を見せて貰《もら》ったら、彼女の写真だけが別に分けてあって、嫌な予感がした。

「そうやったっけ？　いつ？」

明るい声で、吉岡くんは聞き返した。

「先週、ここに来たときに」

わたしは自分の声がうわずっているのに気づいた。そして、両目に涙が溜まってきたのがわかって、悔《くや》しかった。

わたしが泣きそうなのを見て、吉岡くんの顔からやっと笑いが消えた。

「ごめんなさい」

それはとても素直な言い方だった。わたしは窓の外を見るようにして、何とか涙がこぼれないように努力した。窓の脇の棚に乱雑にＣＤが積み重ねられているのを見つけて、樹里のＣＤのことを聞こうかどうしようかと考えたら、涙は止まってくれた。

「喜多川が、そんなにおれを好きやとは思ってなくて……」

吉岡くんはほんとうに申し訳なさそうな顔をしていた。

「今、そんな話してない」

わたしの声は普通の調子に戻っていた。今、失恋しているところなんやなと思いながら、わたしは、鞄の陰に置いたシュークリームの入った紙袋の手触りを確かめ、帰る途中で捨てようと思って、やっぱり家に持って帰って妹に食べさせようと思い直した。

六月

手元が少しだけ暗くなったので左を見ると、このまま梅雨《つゆ》は来ないんじゃないかと思うくらいよく晴れた窓の外を掃除用のゴンドラが降りてきた。わたしが突然顔を上げたので、ゴンドラに乗って窓をワイパーで拭いていた若い男の人も目を逸《そ》らすタイミングを逃してしまい、ヘルメットの下の目と一瞬見つめ合ってしまってから、お互いになるべくなんでもなかったように仕事に戻る姿勢を示した。十三階の窓の外をゴンドラが降りてきてももう驚くことはなくなっていたけれど、今日はなんとなく落ち着かない気分でいるから不意をつかれた。驚いた顔を見せてしまって、窓を拭いている彼はきっと気まずい気分になっただろうと思いながら、彼から見た、適度に散らかった平均的なオフィスに座ってグレーの制服を着た自分の姿を想像してみた。

「それ、もう終わりそう?」

経理部との間に置いてあるコピーのところから、桜井さんが聞いた。わたしは机にうずたかく積んだ、端を綴じても広げられる形に折ったコピー用紙を見て、ちょっと満足した気持ちになった。

「はい。ばっちり、できましたよ」

「じゃあ、次、これとこれ頼むわ。さっきのと同じ、こうやって折って」

　桜井さんはコピー機の出口で積み重なった用紙を揃えて机に置くと、いちばん上の紙を取り、内側に半分に折ってからその半分を外側に折り返す形を示した。それからまた、回りっぱなしのコピー機へ戻っていった。株主総会が来週に迫っていて、そのための関係者の会議が夕方あるので、その資料を急いで作っていた。本来は経理部の仕事なのだけれど、株主総会の準備と集金日が重なって忙しいうえに一人休んでいるので、ちょうど仕事が少なかったわたしと桜井さんが代わりにやることになった。立ち上がると見通せる高さのパーテーションで区切られた隣の経理部では、ひっきりなしに来客があって電話もしょっちゅう鳴っていた。わたしのいる経営統括部では、参事《さんじ》というわたしにはピンとこない役職で定年間近の無口な西川《にしかわ》さんが、端の席で黙々とパソコンと電卓のキーを叩《たた》いてなにかの計算をしているだけで、それ以外の人は外出していて、わたしも桜井さんも比較的気楽な気分で作業していた。

　しばらく同じ形に紙を折る作業を続けていると、電話が鳴った。短く繰り返す呼び出し音で、社内だとわかった。外線と内線を間違えることは、もうほとんどなかった。

「はい、経営統括部です」

「生産管理の木田《きだ》ですけどこんにちは。桜井さんいます？」

　一日一回は電話をかけてくる、桜井さんと同い年で泉南《せんなん》の工場にいる木田さんだった。標準よりも高いその声は聞き慣れたけれど、まだ会ったことはなかった。電話がかかってくるのがわかっていたのか、ちょうど戻ってきた桜井さんに受話器を渡すと、パソコンの置いてある机に電話を引っ張って話し始めた。

「もしもし？　どうなった、さっきの。……うそ、絶対おかしいって。山口課長適当に言うたんやわ。……なおちゃんもそう思う？」

　桜井さんは、画面に出した細かい数字の表を睨みながら話し続け、わたしが手元の紙を全部折ってしまってもまだ終わらなかった。不機嫌そうに話し続ける桜井さんの横顔を窺って、折るものがなくなってしまったわたしは、一時間ほど前に割れてずっと気になっていた爪を切りに、更衣室へ行った。


　エレベーターホール側の通路を通って、目立たないように営業部のフロアの隅にある更衣室に入ると、当然だけれど誰もいなかった。窓は厚い黄緑色のカーテンが閉まったままで、両側にスチールのロッカーが並んだ細長いスペースは、緑がかった弱い光にぼんやり包まれていた。まだ新しい名札のついた自分のロッカーを開けて、裏側に貼った小さな鏡を見た。鏡の中の自分の顔は、十時頃にお茶を飲んだので口紅が取れている以外は、今朝着替えたときに見たときとも、昨日の帰りに見たときとも変わらなかった。二十二歳から二十三歳になったからといって、顔も体も考えていることも急になにかが違ったりしないのはだいぶ前から知っているけれど、それでも、なにか違っていてもいいのにな、と思いながら鞄を開けて化粧ポーチを出し、ロッカーの前の簀《す》の子《こ》に座り込んだ。

携帯用の小さな爪切りで、だんだんとひびが広がっていた右手の中指の爪の端を切り取り、それから口紅を塗《ぬ》り直《なお》して化粧ポーチのファスナーを閉めた。それで一息つくと、なんとなく体が重いような気がして、隣の扉にもたれた。背中には、硬さがあってそれからしばらくしてスチールの冷たさが伝わってきた。以前はどこか違う場所で使われていたのか、長さが合っていないうえに日に焼けて色が褪《あ》せたカーテンに覆《おお》われた窓を見ると、外はとてもいい天気のようで、黄色い光が透《す》けて映っていた。朝から何度も確認した今日の日付をまた思い返して、失恋して一か月経ったことを再認識し、思ったよりも深く落ち込んでるなあ、と思った。

コンタクトレンズを入れた目が乾いていたので、もう一度化粧ポーチを開けて目薬を出して、右目と左目にさした。溢れた水滴が頬《ほお》に流れるのを感じて、泣いてるみたいやな、とちょっと感傷的になりながら目を閉じると、眠たいのかもしれないと思って、そのまましばらく目を閉じていた。更衣室の中は、静かで気持ちがよかった。このままここに座っていると、きっと桜井さんが探しに来て、早く続きを折らないと間に合わへんで、と言うと思った。たぶんわたしはそれを待っていて、そうじゃないと、ずっとここにいて、また同じことばかり思い返してしまいそうだった。

「あ、やっぱりここや。まだまだ残ってるで。昼までにやらないと」

ドアを開けて覗いた桜井さんが、予想通りのことを言った。

「すいません。なんか座ったら眠たくなって」

わたしは立ち上がると、わざとらしくスカートのお尻を手で払った。

「寝てもいいけど、全部折ってからやで」

桜井さんのはっきりした声を聞いて、ぼんやりと薄暗い更衣室から、蛍光灯の白い光があふれる外へ出た。ドアを一枚隔《へだ》てただけで、そこには人の話し声や電話の音やプリンターの音が響き渡って、騒々しかった。

「ほんまあの資料、大きさ揃えてくれたらいちいち折らんでもええのになあ、要領悪いわ」

文句を言う桜井さんの後について営業部の机の間を抜けながら、行くところがあるのも、することがあるのも、いいことだと思った。


席に戻って、わたしは桜井さんと向かい合って座り、コピーはもう全部終わったので、ひたすら紙を折って揃えていた桜井さんが、手を止めないで言った。

「今日の朝、おいしいチーズケーキ特集やっててんやん。見た?」

「見ましたよ。めっちゃおいしそうでしたよね」

わたしも手を止めずに言ったけれど、紙を折る速さは桜井さんの半分以下だった。

「そうやろ? わたし、二番目のスフレっぽいのがよかった」

「わたしは、最初のチーズがめっちゃ濃そうな、ちっちゃいのん」

「あー、あれもいいなあ。あれは、近鉄あべのやった？　天王寺《てんのうじ》は行かへんなあ。明日、梅田《うめだ》には出るんやけど」

「こないだ、阪神の地下で買《こ》うたチョコレートケーキおいしかったですよ。クリームが三層になってて」

「なにそれ。今度行くから教えてよ」

しゃべりながらでも桜井さんの前にはあっという間に完成形の紙が積み重なっていく。家でテレビを見るのが好きな桜井さんは、こういう単純な作業をしているときは、たいてい前の日の晩かその日の朝に見たテレビの話をしている。ドラマの配役に文句を言ったり、旅行番組で見た温泉に行きたいと言ったり、深夜番組のおすすめを教えてくれたり。そういうことに対する桜井さんの評価はいつも的確でわかりやすいので、わたしはしゃべりながら仕事ができる今日みたいな日が楽しかった。

「でも、食べ物って寒いときの方がおいしそうなもの多くない？　これから暑くなったら楽しみが減りそうな気がする」

「甘いものも、アイスクリームとかゼリーとかって、そんなにバリエーションもないですもんね」

二人でしばらく夏のおいしいものはなにか言い合っていると、電話が鳴った。今度は外線だった。わたしはまだややこしい問い合わせに答える自信がなくて、ちらっと桜井さんの顔を見た。桜井さんには電話を取る様子はなくて頷《うなず》いているので、わたしは一呼吸おいて声の調子を整えてから、受話器をあげた。

「はい、エビス包装機器です」

「ああ、大島産業の山本《やまもと》やけど、お世話んなります。電話もろたみたいやけど、なに？」

低くて波のある声が、早口で聞こえてきた。外にいるらしく、自動車の行き交うような音も聞こえて、聞き取りにくかった。

「えっ？　オオシマ産業の、えっと」

「山本や。電話したのはそっちやろ。何回も」

会社の名前にもその人の名前にも聞き覚えがないのに、電話の向こうの山本さんは当然わかるやろうという口調で言い続けた。

「着信にこの番号があるから電話してるねん。エビス包装やったら坂井《さかい》さんか？」

「えっ、どちらの部署の坂井でしょうか」

糸口を見つけたわたしは、つっかえながらも何とか聞き返した。

「知らんわ、そんなん。営業やろ。急いでるんやから、早よしてや」

電話がいくつもある会社では電話回線の都合で、必ずしもかけた電話の番号が表示されるとは限らないことぐらい、わたしより長く働いているはずのこの人はなんでわからないんやろう。わたしが明らかに困っているのを見て、向かいで桜井さんが、電話の向こうには聞こえない程度の声で助けてくれる。

「大島産業？　第二の坂井さんちゃう？　代わろか？」

桜井さんは手をこっちに伸ばして受話器を取ろうとしてくれたけれど、山本さんが隙なく話し続けるので、代わるタイミングをつかめなかった。

「自分とこの会社の人間の名前ぐらい覚えときいな。こないだも注文書間違えるし、どないなっとるねん。だいたい電話かけてきたら、留守電ぐらい残しとくんが常識やろ。用事があってかけてきてるんやから。ほんで、なんやねん、用事は？」

「あの、少々お待ちください」

やっとそれだけ言って、桜井さんに受話器を渡した。電話に出た桜井さんは、めんどくさそうな顔で、だけど慣れた様子で山本さんの苦情をあしらった。

「お電話代わりました、桜井と申しますけれども、大島産業の……山本さまですね。……申し訳ございません。第二営業の坂井だと思うのですが、あいにく外出しておりまして、こちらから連絡をとりまして、もう一度電話させますので。はい、大変失礼いたしました」

わたしはその洗練された無駄のない受け答えに感心しながら、桜井さんにお礼を言った。桜井さんは、机に置いてある自分のマグカップのお茶を一口飲んだ。

「このおっちゃん、よう文句言うてくるねん。営業のとき、わたしも何回か困ったわ。また坂井さんが適当なとこあるから。まあ、こういう人はとりあえず謝っといたら気が済むから」

それからまた紙を折って揃える作業に戻った。もうそろそろお昼休みを知らせるチャイムが鳴りそうなときに、また外線が鳴った。桜井さんが、自分が取ろうか、と言う目でわたしを見た。だけど、わたしは今度はちゃんと対応しようと張り切って電話を取った。

「はい。エビス包装機器です」

「あ、もしもし？　注文お願いできますか？　コーヒー二つと……」

若くない女の人の声が聞こえてきた。

「すいません、間違えました」

強くはっきりとそう言ったのは、わたしだった。言い終わって、おかしいな、と思った。一瞬、沈黙が流れた。

「あー、そう。はい、間違えました。すいません」

電話の向こうの声はそう答えて電話を切った。受話器を置いてから顔を上げると、桜井さんと目が合って、それから二人で笑い出した。いっしょに笑っているときにくしゃみが聞こえたので顔を上げると、端の席の無口な西川さんもにやっと笑っていることに、わたしは気づいた。そこで、チャイムが鳴って、昼休みが来た。

昼休みが終わっても少しだけ残っていた分を折ると、後は数を揃えてホッチキスで留めるだけになった。ちょうど針が空《から》になったので、事務用品のストックを入れている、わたしの机の背中側にある戸棚の一番下の重い引き出しを開けて探っていると、総務の水野さんが呼びに来た。

「喜多川さん、新聞の広告の営業の方が来られてるんですけど、どうする？」

水野さんが差し出した名刺には、業界紙の名前が書いてあった。

「山口課長、おらんのやんね？」

水野さんが重ねて聞いた。広告の営業には、いつもは山口課長が対応することになっていて、わたしも何度か同席をしたことはあって受け答えの仕方は教えてもらっているのだけれど、まだ一人でできるか自信はなかった。ちらっと桜井さんを見ると、

「行ってきたら？　これ、もう終わるし、ほかの用事もないし。わたしがお茶出してあげるわ」

と、にやにや笑って言った。それを聞くと、わたしもいつかは、一人でやらなければならないことだったし、なんとなく出てみようかという気になったので、見つかったホッチキスの針を桜井さんに渡して、水野さんの後についていった。

受付のところに立っていたのは、今までに会った人から想像していたのとは違って、学生みたいな若い男の子だった。

「お忙しいところ突然お伺《うかが》いいたしまして、申し訳ありません。今度うちの紙面で食品関係の特集がございまして、広告のお願いに参《まい》ったのですが、よろしいでしょうか？」

妙に丁寧《ていねい》な言葉遣いが、余計に慣れていないことを表していた。わたしは少しうれしいような気持ちになって、水野さんに言われたいちばん小さな応接室に、彼を案内した。

小早川慶介《こばやかわけいすけ》という、漫画に出てきそうな名前の彼は、まだ新しいスーツや鞄も、教わったことを必死で言っているようなしゃべり方も、どう見ても新入社員のようで、全身の緊張が取れないまま、黒いソファの端に遠慮気味に座っていた。

「今回は見合わせるということになっても、また来月も同様の特集を予定しておりますので、そのときにご案内させていただきます」

はい、わかりました、とわたしが返事をすると、彼は言うと決めてきたことを言い終わってしまったのか、沈黙が流れた。小早川慶介さんは、そんなに背は高くないけれどスマートな体格で、顔もそれなりにかわいらしく整っていて、学生のときは女の子の友だちもたくさんいたタイプに見えた。わたしもそれ以上なにを言っていいのかわからなかったので、桜井さんが入れてくれたお茶を勧めた。

「あの、お茶、どうぞ」

「はい、いただきます」

また硬い返事をして、彼はぎこちなく湯飲みを口へ運んだ。わたしは、こういうとき自分も飲んだほうがいいのか飲まないほうがいいのかわからなくて、自分の湯飲みと彼の顔を交互に窺っていると、やっぱりこちらの様子を気にしていた彼と目が合った。

「あの……」

彼は、なにを言おうか迷っている様子で湯飲みを置き、机の上に置いたわたしの名刺をじっと見てから、思い切ったように言った。

「実はぼく、新入社員で、一人で営業に来るの、今日が初めてなんですよね。すごい、緊張しちゃって。なんかすいません」

小早川さんは、ズボンの膝のあたりで掌《てのひら》を拭《ふ》くような仕草をしながら照れ笑いをした。

「あっ、そうなんですか。わたしも四月からなんですよ。いっしょですね」

「あー、そうじゃないかなって思ってたんですよ。なんかね、変な感じでしたもんね。どっちも、言葉が続かへんし」

彼は緊張が崩《くず》れてそれまでの営業用ではない笑顔になり、その顔は会社に入る前までに見慣れていた同じ年頃の男の子の表情だった。

「一人でお客さんの対応したの初めてで。あんまり、なに言っていいかわからないですよね」

わたしもやっと気持ちがほぐれて、お茶を一口飲んだ。桜井さんのお茶は、適当な入れ方をする割にはおいしい。

「なかなか大変ですよね。会社員て。結構慣れました?」

「一応、電話も取れるようにはなりましたけど。……外に営業行くほうがたいへんそうですよね」

それからわたしと小早川さんは、しばらくお互いの似たような状況を言い合った。その間に、小早川さんの大学はわたしの妹がこの春から行っているところだとわかった。だけど、窓もない狭い応接室で向かい合って、チャコールグレーのスーツとそれよりだいぶ薄いグレーの制服で話していると、あまり個人的なことを話すのも気が引けた。小早川さんもそういう気持ちがあるのか、あまり仕事以外のことは聞かなかったので、すぐに話すことがなくなってしまい、言葉と言葉の間が長くなり始めた。

「また、営業に来ますのでよろしくお願いします」

「はい、こちらこそよろしくお願いします」

同じような言葉が出た後で、何度目かの短い沈黙になった。わたしは笑顔のままの小早川さんと、低いテーブルの端に置いた名刺を見比べ、それから言った。

「わたし、今日、誕生日なんですよね」

言ってしまってから、小早川さんにどういうふうに聞こえたか心配になった。小早川さんは、一瞬きょとんとしてから今度は少し慌てたような笑顔になって言った。

「そうなんですか。それはおめでとうございます」

「いえいえ」

「あの、じゃあ、よかったら、今晩ごはんでも食べに行きませんか?」

そういう言葉が返ってくる可能性は当然あったし、わたしも会社で仕事をするようになってから初めて会った同じ年頃の男の子がそれなりに格好良くて話しやすいタイプだったのでもう少し話したいとは思ったし、失恋して落ち込んでいたし、だけど、希望通りの小早川さんの答えを実際に聞くと、わたしは慌てた。

「いえ、あの、今日はちょっと……」

小早川さんも少し焦《あせ》った様子で、急いで答え返した。

「そうですよね。そりゃ、誕生日だから約束ありますよね、彼氏とディナーとか」

「いや、そういうのじゃないんですけど……」

妙なことを言ってしまってごめんなさい、と言いたかったけれど、言えなかった。

「じゃあ、楽しんできてくださいね。また、営業に寄らせてもらいますので」

小早川さんは、感じのいい笑顔のまま、広げた資料を封筒に収めて立ち上がった。

自分の部署に戻ると、株主総会の会議の資料は完璧《かんぺき》にできあがって端の空いている机にきっちり揃えて積まれていた。パソコンに向かって営業から来た月報のデータを入力していた桜井さんが、さっきの人、かっこよかったやん、と言った。わたしは、そうですね、と答えて椅子に座り、机の上を片づけた。

社内報に載せる、新機種の開発者の解説原稿をパソコンに打ち込んでいると、桜井さんが廊下のドアのところからわたしを手招きした。桜井さんはなにかうれしそうで、ちょうど時間も三時で、そういうときはたいていお土産《みやげ》のお菓子やケーキなんかがあるときなので、わたしはさっき総務に来ていた以前の役員だというおじいさんの顔を思い出しながら席を立った。

廊下を通り過ぎて、給湯室の衝立《ついたて》を曲がると、そこには桜井さんと長田さんと水野さんの、わたしがいつもお昼をいっしょに食べている三人のほかに、営業事務の島野《しまの》さんと多田《ただ》さんもいた。予想外に人がたくさんいて戸惑っていると、水野さんと長田さんが言った。

「喜多川さん、二十三歳、おめでとう」

その言葉を聞いて、湯沸かしポットと湯飲みが置いてある長机の上に置かれた苺《いちご》の載ったホールのショートケーキが、自分のためのものだとわかった。

「ここのケーキ、めっちゃおいしいねんで」

小さめのナイフでケーキを切り始めた桜井さんが言った。

「ありがとうございます」

わたしはやっとそれだけ言って、楽しそうにケーキを取り分ける、同じグレーの制服を着たいくつか年上の女の人たちを順番に見ていた。

何度か来たことのある地下のクラブの狭い階段を上がって地上に出ると、ちょうど樹里が来たところだった。

「誕生日おめでとう」

樹里はすぐにピンク色の紙袋を差し出した。お礼を言いながら開けると、中身はレスポートサックの新柄のミニポーチで、このあいだいっしょに買い物に行ったときに二人で見た、公園をモチーフにした柄だった。

それから二人で近くのコンビニエンスストアへ行った。樹里が昨日友だちとしゃべりすぎてのどが痛いのでのど飴《あめ》がほしいと言ったのでついてきた。イベントの準備は遅れていてまだ時間がかかりそうだったので、そのままコンビニエンスストアで雑誌を二人でめくって、真夏に着る洋服の品定めをしていた。

「おー、樹里ちゃん、なんか久しぶり」

自動ドアが開く音といっしょに聞こえてきた声に顔を上げると、篤志《あつし》が入ってきた。十五分前に会ったときとは違って、ターコイズブルーの生地に鶴《つる》が飛んでいるアロハシャツと、鉛筆で引いたような細い縦縞の入ったバミューダパンツに着替えていた。

「こんばんは。篤志ってほんまそういううさんくさい服似合うよなあ」

「ええやろ、このシャツ。おれらが出るんは九時前になりそうやわ」

にやけた顔で言いながら、篤志はわたしたちの後ろを通り、雑誌の棚の向かいに並んだ日用雑貨の前で止まった。

「その前に出るバンドが、なんかピコピコした感じの音楽なんやけどさ、そこのドラムやってる子が、春ちゃんと樹里ちゃんのフライヤー気に入ってて、紹介してって言われてるから後で言うわ」

そう言って、篤志はバンドエイドの箱を取った。その手をよく見ると、親指の先が切れたのか赤黒い血が固まって付いていた。

「ほんま？　紹介してよ、絶対」

樹里が高くて強い声で言った。すぐにわたしも聞いた。

「どんなひと？」

「結構かっこいい子。だから、おれが終わるまで待っとってな。あのフライヤーほんまに受けがよくて、ほかにも何人かに誰が作ったんって聞かれたで。今回、頼んでよかったわ。ありがとう」

バンドエイドの箱を持った手を肩のあたりで振って、篤志はレジに向かった。わたしと樹里は、とてもうきうきした気持ちになって、雑誌をラックに雑につっこむと、やっと目的ののど飴の棚へ向かった。店を出るときに篤志がこっちを見て、

「あ、それから終わったらなんか飯食いに行こうや。今日はもちろん、おれがおごるわ」

と言った。ガラスの向こうで手を振る篤志を見送りながら、樹里が言った。

「春子の誕生日覚えてたんちゃう？　篤志って意外とそういうとこあるもん」

「そうやんな。結構優しいとこあるし。今日は、さすがにいい日やわあ」

言いながらわたしは、まだごちそうしてもらっていないのにすっかり浮かれた気分

でいた。

　篤志は格好は派手なくせに、ステージでは右端のぎりぎりのところに置いたパイプ椅子に座ってギターを弾《ひ》いていて、フロアの右側からだとスピーカーの陰に隠れて見えないくらいだった。音楽に合わせて揺れ動く人の間を抜けて、樹里と左側の前に出た。

「あの人、やっぱりかっこいいよねえ」

　わたしの耳元で、樹里が言った。篤志の新しいバンドを見るのは樹里もわたしも今日が初めてで、中央左寄りでサックスを吹いている背の高い男の子を、さっきから樹里は何度も褒《ほ》めていた。バンドは七人編成で、そんなに大きくないステージは狭そうだった。サックスとトランペットとウッドベースがいて、ジャズっぽい音楽を演奏していて、今までに篤志がやっていたバンドとは少し系統が違っていた。

「篤志も、黙ってギター弾いてたらかっこよく見えるのになあ」

　またわたしの耳に口を近づけて、樹里が音に負けない大きさの声で言った。ステージの隅で、うつむき加減でひたすら弦《げん》をひっかいている篤志は、普段は注目を浴びたいようなことばかり言っているのに、お客さんなんて誰もいないみたいに、ただ自分と楽器の出す音だけの世界にいるように見えた。

「あのシャツ、どこで買うたんやろな」

わたしも篤志をかっこいいと思ったけれど、言わないでどうでもいいことを返した。斜め後ろにいた女の子が、大きく体を動かした瞬間にわたしにぶつかって、ごめんなさい、と言った。正確には、音楽にかき消されてその声は聞こえなかったのだけれど、そう言ったとわかった。赤と青と緑のライトが、天井もステージもわたしたちもぐるぐると回って照らして、きれいだと思ってずっと眺めていた。

後片づけをわたしと樹里も少し手伝ってから、階段を上がったところで待っていると、ベリーショートで足の長い女の子が上がってきた。フライヤーを気に入った結構かっこいい子というのは、ドラムのとてもうまい彼女のことだった。

「夏休み前に、うちの大学の会館みたいなとこでイベントするんです。会場はそんなとこやけど、なかなかいい人呼んでやろうと思ってるから、そのフライヤー作ってもらえないですか？」

京都の大学の二年生だという彼女は、きりっとした美人で、オプティカルな柄のとてもかわいい靴を履いていた。

「篤志さんにフライヤー見せてもらったときから、めっちゃええなと思ってたんですよ。文字とかかわいいし、でもすっきりしててかっこいい感じもするし。ずっと二人で作ってはるんですか？」

褒められて、わたしも樹里も、もちろんその仕事を受けるとすぐに決めていた。

「うん。わたしがだいたい文字とか決めて、樹里が絵を描いたり写真と組み合わせたりして」

「今回のはほんま、自信作やんね。大学卒業してからの第一号やし」

わたしたちは、すぐ横の駐車場の車止めに座って、どんな感じのフライヤーにするかということや、それから好きな音楽や最近見つけたかわいい服のことなんかを話した。特に樹里と彼女が音楽も服も趣味が合って、かなり盛り上がっているところに、やっと篤志が来た。

「お待たせ。なんか、えらい気が合うてるやん。話まとまった？」

アロハシャツはそのままで、下だけカーキ色のパンツにはき替えた篤志はギターケースを重そうに背負っていた。

「うん。ありがとう、いろいろ。ほんま、今日は誕生日やから、やっぱりええことあるわあ」

わたしが立ち上がってそう言うと、篤志は笑顔でそこに突っ立ったまま言った。

「あれ、春ちゃん、今日誕生日なんや？」

座ったままの樹里が笑い出した。クラブの店員が出てきて、ご近所の迷惑になるのでこの辺に溜まらないでください、と言った。

七月

パンフレットを詰め込んだいくつもの封筒と脱いだスーツの上着を抱えたおじさんが、受付の台の前に立った。あともう少しでお昼の休憩という、前半でいちばんだるくなる時間帯でぼんやりと座っていたわたしと長田さんは慌てて立ち上がった。東京での展示会の仕事は五回目の長田さんが、笑顔を作って台の上の芳名録《ほうめいろく》に手を添《そ》えた。

「よろしければお名刺か、こちらにお名前をちょうだいできますでしょうか？」

長田さんの重ねすぎの丁寧語に合わせて、すかさずわたしが、台の下に用意しているパンフレットの入った封筒を差し出す。この連係プレーもかなり息が合ってきた。

おじさんは、ボールペンを握るとぐちゃっとした文字で会社名と名前を走り書きし、封筒を受け取ってハンカチで額《ひたい》の汗をぬぐいながら、長田さんを見てにやっと笑った。

「あなた、お国はどちらですか？」

「大阪です」

長田さんは即、さっきの営業用の挨拶《あいさつ》とは違う一段低い声で、しかも大阪弁のアクセントを強調して言い返した。おじさんは長田さんとわたしの顔を交互にゆっくりと見て、そうでしょうねえ、ともったいぶった言い方をしてから向かいのブースへと向かった。

「大阪やったらどないやねん。今どき、お国って、あほか、あのおっさん」

力を抜いてどしんと丸椅子に腰を下ろし、長田さんが毒づいた。展示されている機械やパネルを見ながらなのでまっすぐには進まない人たちの隙間に後ろ姿が見え隠れするおじさんは、向かいのブースの、真空パックを作る機械ががちゃんがちゃんと動いているのを、角度を変えてじっくり見ていた。わたしは立ったまま、そのおじさんが書いた芳名録の会社名を確かめようとしたけれど、略して続けた字で書かれていて判読できなかった。

「この名前も、全然読まれへんし、わざとわからんように書いてるんですかね？」

「さあ？……。あー、内田さんら早よ帰ってけえへんかなあ。もう限界」

長田さんは大きなため息をわざとらしくついて、受付台の下に置いていたお菓子メーカーの広告が入った団扇《うちわ》で顔をばたばた扇《あお》いだ。今日の朝、六時半の新幹線で来たわたしは早起きのせいで眠たいだけだったけれど、四日間の展示会にずっといなければならない長田さんは、疲れも溜まっているのにまだ明日もあるという三日目で、さっきから隙があれば椅子に座っていた。

「お昼、なに食べたい？　って言うても、ろくなもんないけどね」

また腕時計を見てから、長田さんが聞いた。同じようなことをもう五回は言っていた。

「なんでもいいですよ。なんか、おいしそうなの」

「ないねんなあ、それが」

長田さんは完全にやる気のない声を返して団扇を置き、気を紛《まぎ》らわすためか、まだ用意したセットはたくさん残っているのに、パンフレットを封筒に詰め始めた。わたしは立ったまま、別に散らかっているわけでもない受付台の上を、ボールペンを揃えたり名刺入れの角度を変えたりして片づけている格好をした。

「あ、長田ちゃんまた座ってる。会社案内と包装機のパンフレットちょうだい」

右側のパネルの前でお客さんの相手をしていた東京支社の小池《こいけ》さんが、小走りで来て手を伸ばした。小池さんは十年前の学生時代はラグビー選手だったというだけあって、太ってはいるけれどぶよぶよしてはいなくて頼りがいのありそうな体格をしている。長田さんは面倒くさそうに、机の下から封筒と会社案内を出しながら言い返した。

「だって、内田さんら全然帰ってけえへんねんもん。ぜったいどっかで昼寝してるわ。おなか空いたのに……。なあ、喜多川さん」

「あ、そうです」

眠くて少しぼんやりしていたわたしは、的外《まとはず》れな返事をしてしまったけれど、長田さんも小池さんも気にしていなかった。ビッグサイトのだだっぴろい展示場にはたくさん人がいて、あちこちのブースから甲高《かんだか》い声の商品説明のアナウンスが聞こえたり実演している機械の音もしたりして、それがみんな高い天井に跳ね返って反響して頭の中でも鳴り響くぐらいうるさいので、わたしの声はよく聞こえなかったのかもしれない。

「新入社員の女の子をいちばんに行かさなきゃ、だめだよね。あのおっちゃん、気が利《き》かないから。おれが受付いるから、行ってきたら?」

「いいですよ。小池さんが座ってたら、むさ苦しくてお客さん来えへんもん」

長田さんがようやく笑ってみせると、サンキューと短く言ってパンフレットを受け取った小池さんは、また小走りでお客さんのところに戻った。そして長田さんは大げさにため息をつくと、またどしんと椅子に座った。

「……なあ、あの子らって、時給なんぼなんやろ」

長田さんの虚《うつ》ろな目の見ている先を探すと、五メートルほど先の大きな通路が交差しているところで、とても短くてぴちぴちの、しかもショッキングピンクのワンピースを着た三、四人のコンパニオンの女の子たちが黄色いビニール袋に入ったサンプルを配っていた。

「寒くないんですかねえ。水着ぐらいの面積ですよ、あのワンピース」

わたしと長田さんは、胸元の開いた、腕も足も全部出ている状態のワンピースで笑顔を振りまく彼女たちをしばらく見ていた。

「おれは、いちばん手前の髪巻いてる子。足、きれいだし」

小池さんがお客さんの相手を終えて、受付台の横に立っていた。

「ええー、そうなんですか？　めっちゃ性格きつそうな顔してるやん」

　長田さんは小池さんを睨んだけれど、それは東京支社の営業の人の中では小池さんがいちばん親しいからだと、長田さんの話にときどき出てきたその名前を覚えていたわたしは思った。

「そんな感じのほうが好きなんだよね。うちの奥さんも、怒ったらめちゃめちゃ怖いタイプ」

「へえー」

「あとで声かけてみようかなあ。長田ちゃんとかもさ、ああいうユニフォームにしてみたら？　お客さん来るよ」

「うわー、小池さん、そんなん言うたらもうおっさんですよ。それやし、わたしらがあんなん着ても、ちんちくりんやから変なだけやもん」

　長田さんは、自分とわたしの全身を見比べて、それからまたピンクのコンパニオンたちを見て言った。

「こんな格好は、ほんまはああいう背も高くて細くてスタイルのいい人がするためにあるんやから。あー、もういい加減に勘弁《かんべん》してほしいわ、この服」

　わたしたちは、レンタルのレモンイエローのスーツを着ていた。ショッキングピンクの露出ワンピースに比べれば普通に見えるけれど、スカートは膝上で裾《すそ》が花びらみたいにカーブしているし、ショート丈のジャケットは黒い縁取りが付いた襟《えり》とボタンが大きすぎて、なんというか、メルヘンチックだった。

「だいたい、わたしらが無理矢理コンパニオンの格好したってどう見てもあんな感じにはなれへんねんから、お客さんから見ても変ですよ。あー、あそこの会社、金けちって社員にコンパニオンさしてるなって思われるだけやないですか」

「まあまあ。社長と部長の趣味だからさ。結構似合ってるよ、今年の服」

「そんなわけないでしょ」

長田さんはまた小池さんを睨んでいた。一か月ほど前、山口課長に衣装のパンフレットを見せられてどれがいいかと聞かれたとき、冗談《じょうだん》だと思った。新入社員なのでからかわれていると思ったから受けを狙《ねら》って、パステルピンクとブルーの曲線模様の、デザインした人のセンスを疑うしかない超ミニワンピースを指さしたのに、山口課長が笑いもせずに普通に印を付けて営業へ持っていったのでおかしいなと思ったけれどそのまま忘れていて、ほんとうにこの服を着ると気がついたのはおとといになってからだった。

「来年こそ絶対に衣装はやめてもらいます。なんで普通のスーツやったらあかんのですか？　ほら、ほかの会社はちゃんとした服装してるやないですか」

長田さんは本気で怒っているようで、だんだんと言葉の最後が強くなってきていた。周りに比べて広い、向かいの有名企業のブースでは、黒やチャコールグレーのスーツにヒールを履いた三人ほどの女の人が、首にＩＤカードをぶら下げて手にはパンフレットのファイルを持ち、いそいそと動き回っていた。

「あの人たちは営業じゃん。受付は、ほら、あっちにいるでしょ」

小池さんが指さした方向を見ると、広い通路に向いた側にあるその会社の受付には、水色のミニワンピースとジャケットのセットアップを着た女の子が二人いて、その奥でもう一人同じ衣装の人がマイクを握って滑らかな語りで展示した機械の説明をしていた。

「……小池さん、感じ悪い」

長田さんにそう言われて、小池さんは適当なことを言ってなだめた。小池さんが言ったようにわたしたちの仕事は受付で名前を書いてもらってパンフレットを渡すことで、そのほかに雑用もいろいろあるけれど確かにお客さんの対応はできないので、真っ黄色の衣装を着て明るい雰囲気を演出するのが役割だと言われたら仕方ないのかもしれないけれど、それでもやっぱり十五年はデザインを変えてなさそうな、そしてぺらぺらなのに硬い生地で裏地もついていないこの服は、長く着ていたくなかったし知っている人には見られたくなかった。

「あ、川下《かわした》さんと立松《たてまつ》さん来たよ。おーい、川下さーん」

余計なことを言って長田さんに絡《から》まれていた小池さんは、人込みの中を手を振りながら歩いてきた東京支社の二人の女子社員に助けられたと思ったみたいだった。

川下さんに会うのは、一週間だけの新入社員研修のとき以来だった。

「わたし、毎月社内報楽しみにしてるよ。あれって、文章も喜多川さんが書いてるの？」

ランチセットのハンバーグをつつきながら、川下さんが聞いた。ビッグサイトの中のカフェテリア式の食堂はちょうど混雑する時間帯で、わたしたちが座ったレジ近くの席は、ひっきりなしに人が通って落ち着かなかった。わたしはスパゲティのミートソースが黄色いユニフォームに散りそうなのでほかのメニューにすればよかったと後悔しながら、答えた。

「ううん。わたしはレイアウトするだけで、文章はだいたい営業か設計の担当の人で、あとは元総務で今は健保の片岡《かたおか》さんていう人が書いてる」

「うちの会社のことやったら何でも知ってるっていうのが口癖の、謎《なぞ》のおじいちゃんやねん。そんなこと知っててても役に立てへんと思うけどなあ」

川下さんと同じハンバーグを食べている長田さんが説明した。ハンバーグの横には、具のないケチャップ色のスパゲティが添《そ》えられていた。

「へえー。大阪の本社って濃そうな人がたくさんいそうですね」

「川下さんが大阪に来ることってないの？　せっかくの同期やのに、全然話できへんもんね」

「もうちょっと先になったらあるかもしれないけど、今んとこないなあ」

川下さんは生まれも育ちも東京で、この会社が初めて採用した女子の営業職だった。今年入った女子社員はわたしと川下さんだけで、ほかの高卒と大卒の技術系の男の子たちはみんな泉南の工場に配属されたので、わたしも川下さんも同期と会ったり話したりすることは全然なかった。

「川下さん、営業どう?」

グレーのスーツを着ている川下さんに、長田さんが聞いた。長田さんが飲みかけているオレンジジュースに比べると、わたしたちの着ているレモンイエローは人工的で鮮やかすぎて気恥ずかしかった。

「結構大変ですね。わたしだけでしょ、うちの会社営業してる女子社員て。今までにもそんなにちゃんと営業で勤めた女の人いないから、なにをするにも困るっていうか。今回のユニフォーム着る着ないも、直前まで決まらなかったんですよ」

「今どき、そんなことで揉《も》めてどうするんやろ。ほんま、うちの会社ってよく言えば伝統があるんやけど、要するになんでも古いことをそのままやってるからなあ」

長田さんはぶつぶつ言いながらも、ハンバーグをどんどん口に運んでいた。わたしは麺《めん》の伸びた油っぽいスパゲティが、食べても減らない気がして困っていた。

「わたしも、この服着るのかなり驚きやったんですけど。最近あんまりこういうの見ないですよね」

「ええ加減にしてほしいやろ? 社長が好きらしいねんけど、こういうのが。まあ、仕事やからねえ、割り切ってやらなしゃあないわ」

食べるのとしゃべるので忙しい長田さんの後ろを、隙間が狭いので食べ物の載ったトレイを持ち上げるようにして、薄いグレーのスーツの男の人が通った。高校がいっしょだった男の子に似ている気がしたけれど、たぶん違うと思う。

「ゲームとか車の展示会じゃないんだから、ほかの会社でも最近はもうコンパニオンとかあんまり使わないみたいですけどね。お金もかかるし、ちゃらちゃらして見えて、かえって敬遠されるっていうか」

入れ替わり立ち替わりお昼を食べに来る人たちを見回しながら、川下さんが言った。カフェテリアで原色のユニフォームを着ているのは、わたしと長田さんだけだった。

「うんうん。最初に展示会に来たときに比べたら、半分ぐらいちゃうかなあ?」

「長田さんって、展示会何回目ですか?」

「五回目。もういいやろって感じやで。でも、まあ、さぼり方とか要領とかもわかってきたからそれなりに楽しめるけど」

いちばんしゃべっているのに真っ先にハンバーグを食べ終わった長田さんは、楽しいことに考えがたどり着いて、やっと明るい顔になった。わたしは、スパゲティを全部食べるのは無理だと思い始めていた。

「明日もあさってもこっちでライブ行きはるんですよね。いいなあ。わたし今年はフェスも一回も行けないんですよよ」

去年までいっしょにライブに行っていた友だちは、それぞれバイトだったりまだ学生だったりで、休みの日が結局合わなかった。

「長田さんてそういうの好きなんですか?」

「大好き。そのために会社でお金稼いでるねんもん。だから、せっかく東京に来る貴重な機会を利用しないと。日曜日もこっちにおる友だちと買い物とか行くよ」

展示会場で立ちっぱなしの上に、夜は営業のおじさんたちに飲みに連れて行かれ、しかも枕が変わると寝られないのにビジネスホテルに泊まって疲れ切っていた長田さんは、やっといつもの少し早口のしゃべり方に戻ってきた。

「そう思ったら、この衣装着るんも全然いいわ。土日休みやし、毎日残業があるわけでもないからライブも気楽に行けるし、いい仕事やと思うねん」

確かに、学生のときに想像していたよりも、実際に会社に入ってみるとそんなに忙しくなくてお金も貰えて、それにレポートもバイトもないから遊ぶ時間がかえって増えたように思うこともあった。オレンジジュースを飲みほしてから、長田さんは独《ひと》り言《ごと》みたいに言った。

「わたしは、川下さんみたいに自分から大変そうな仕事をやってみたりって、できへんやろうなあ」

「うーん、わたしもできれば難しそうなことはしたくないんですけど」

川下さんは、なにもなくなったお皿の上をお箸《はし》の先でつつきながら、言葉を選んでいるのかゆっくり続けた。

「でも、なんていうか、仕事でもそれなりに、自分ができたっていう達成感が必要かなって。まだまだ教えてもらって迷惑かけてばっかりだから、そのぶんちゃんとできるようになりたいっていうのもあるし」

「えらいなあ」

長田さんは単純に感心したように言って、それを聞いた川下さんは曖昧に笑ってそれ以上自分の考えを説明しようとしなかった。そしてポケットで鳴った携帯電話を取りだして、短く受け答えをすると、わたしたちに笑った。

「小池さんがごはんに行きたいから、早く帰って来いって。行きましょうか？」

わたしは、やっぱりスパゲティを残してしまった。


わたしだけがまだ展示会場を見ていなかったので、一人でまわってから戻ることになった。東京ビッグサイトには、西館に四つと東館に六つのホールがあって、その一つずつもとても大きいので、ゆりかもめの駅から入り口を入ってブースのある東館の奥まで辿《たど》り着《つ》くのに十分以上かかってしまう。東館と西館をつなぐ部分にあるコンビニエンスストアで伝線しかかっているストッキングの替えを買い、東館へと向かう動く歩道に乗った。前にいる四人組のおじさんたちが立ち止まって行く手を塞《ふさ》いでいるので、わたしは歩かないで歩道が動くゆっくりとしたスピードに合わせてぼんやりしていた。その渡り廊下は天井がガラス張りになっていて、そろそろ梅雨明けの薄曇りの空から弱い日差しが降り注いでいた。影のところと光のところが、同じスピードで動く歩道とおじさんたちとわたしを順番に過ぎていくのを見ながら、受付の人数も揃っているので休憩しながら帰ろう、と考えていた。

エスカレーターを降りると途端に周りがうるさくなった。今朝入った通用口とは違う、混雑しているメインの入り口で出展者バッジを係員に見せて入ると、目の前には簡単なステージがあって、白いスーツを着た女の人がイベント会場の説明をしていた。食品の加工と包装というテーマの展示会なので、普段からなじみのあるパッケージもあちこちで見かけた。だいたいどのブースにも、壁には機械や製品の特徴を解説するパネルがあり、その前に機械の実機や模型、途中やできあがった状態の製品などが並べられていた。正午ごろに比べると、人出はまた多くなってきていて、とても広い展示会場は途方もなくごちゃごちゃして見えた。会場の端まで来ると、休憩スペースがあってジュースやおにぎりなんかが売られていたけれど、そこは閑散としていてバイトの若い男の子が退屈そうに天井を向いてあくびをしていた。そこで左に曲がって進むと、圧縮してパックする機械の実演をやっていたので足を止めた。機械はそんなに変わっているものでもないみたいで、立ち止まって見ている人は他にはいなかった。二メートルくらいの高さの青色でつやつや塗られた機械の真ん中あたりに、鈍《にぶ》い銀色の角柱みたいな部品が組み合わされたところがあって、そこが上下するたびにがちゃんがちゃんと音が鳴って、十五センチメートル四方の立方体が転がり落ちてくる。単純なその動きの繰り返しが気持ちよくて、わたしはしばらく眺めていた。少し近づくと、裏側の配電盤やコードが巻き付いた複雑な部分が見えそうで、かっこいいからもっとよく見たかったのだけれど、そこの会社の人が近づいてきたので離れた。中央の通路に近い場所には、テレビ番組のセットのようなお金をかけたブースが並んでいるけれど、隅へ行くとパーテーションで仕切った三畳くらいのスペースが続いて、パンフレットを並べただけの長机に係の人が一人で退屈そうにしている。それから、展示会のテーマとは関係ない、便利なオフィス用品なんかを売りに来ている企業があって、長く使っても疲れないボールペンというのをつい買ってしまった。

会場にいるのは、ほとんどがスーツ姿の会社員ふうの人たちだったけれど、社会見学に来たらしい制服の中学生の集団や、機械の勉強をしている大学生らしい人や、それからなぜかベビーカーを押しながら家族四人で仲良く歩き回っている人たちもいた。冷房のよく効いた会場が涼しすぎて、わたしの薄っぺらい黄色いスーツの中がすかすかした。自分の持ち場の手前まで来ると、さっき見たショッキングピンクのワンピースのコンパニオンたちが、黄色いビニール袋を笑顔で配っていた。よろしくお願いしまーす、と差し出されたその袋を受け取ると、中にはラベルの印刷会社のパンフレットと小さなスナック菓子の箱が入っていた。つるつる光ったストッキングをはいた足をむき出しにして仕事を続ける彼女たちから見れば、どう見ても着こなせていない黄色い衣装のわたしは、どんなふうに見えるんやろうか、と思いながら前を向くと、受付でだらんと座っている長田さんがわたしに気がついて手を振った。

むくんだ足を拳《こぶし》でぐりぐり押しながら、トイレの狭い個室でやっとレモンイエローのスーツを脱いだ。わたしはパンティストッキングが好きじゃないので早く脱ぎたかった。便座のふたを閉めた上に足を乗せて、ストッキングを引っ張っていると、三人くらいの女の子の話し声が聞こえてきた。

「来週もここで展示会なんだ」

「また会うかもね。先週のオーディションでもいっしょだったもんね」

「あれどうだった？　わたし、落ちたんだよね」

話し声といっしょに、水の流れる音や化粧品のケースを開け閉めするぱちぱちという音が聞こえてくる。

「彼女は受かってたよ。ねぇ？　最終面接終わったんだっけ？」

「だめだった。あの会社、拘束時間長いし、行くだけ疲れたよ。コンパニオンはだるいけど、割はいいよね」

トイレに入るときにちらっと見た彼女たちは、向かいのブースの受付で水色のスーツを着ていたコンパニオンの人たちだった。もちろんわたしたちとは違って、モデル事務所かなにかに登録していて派遣されてきたみたいだった。わたしは荷物の置き場所に困りながらジーパンに足をつっこんで、トイレの冷たい壁に響き渡るその会話を聞いていた。

「割はいいけど、やっぱりうっとうしいよ。あ、ねえ、聞いてよ。なんとかっておじさんいたじゃん、ディズニーのネクタイとかして受け狙ってる……」

「あー、なんか、部長でしょ。すぐ話しかけてくる」

「それそれ。あの人がさー、さっきわたしが一人でいるときに寄ってきて、きみを選んだのは誰だと思う？　とか言ってくんの」

「えー、気持ち悪う」

「で、知ってるんだけど嫌だから、えー、誰ですかあ、ってばかっぽく返したら、にやーって笑って、それはぼくだよ、って」

「うわ、なにそれ。そういうのって、何を求めてんのかな？　ありがとうございますとか言ってほしいわけ？」

高い声が一段と強くなって響いた。隣の個室とを仕切る壁がごとんと鳴って、長田さんも着替えるのに苦労しているんだと思った。

「相手にしてほしいんじゃない？　話聞いてくれなくて寂しいんだよ。で、どうしたの？」

「べつに。あ、そうなんですか、ってへらへらしてごまかした。明日はあいつ来なかったらいいのにな」

「来るらしいよ。展示会が年に一度の晴れ舞台なんだって、あのおじさん。営業の女の人が言ってた」

「まじ？　面倒くさいな。足も痛いし、ビッグサイトって遠いんだよね」

愚痴を言い合う声がだんだん小さくなって、彼女たちが出て行ったのがわかった。荷物と黄色いユニフォームを抱えて個室のドアを開けると、ちょうど長田さんも出てきたところで、顔を見合わせて二人で笑った。

「今言うてた部長って、昼間うちの常務とこに来てた人ちゃうん？　最悪やな」

「なんか偉そうにしてはったのに。ネクタイ、確かにドナルドダックやった」

笑いながら手を洗って鏡を見ると、コンパニオンで黄色だからと思っていつもより濃くした化粧は、自分の洋服に戻るとやっぱり唐突な感じがした。

まだ夏休みにも少し間がある平日の夜のお台場は人が少なくて、迷子になりそうな大規模なショッピングモールはがらんとして不安になるくらいだった。わたしと長田さんと、それからゆりかもめのお台場海浜公園の駅で待ち合わせをした大学の同級生のかおりちゃんが入ったのは、内装が凝っているわけでもないファミリーレストランだった。せっかく大阪から来たんだから雑誌で紹介されたりしてるお店に、とかおりちゃんは言ったけれど、長田さんがとにかく野菜が食べたいと繰り返しているときに、サラダバーの看板が目についたのでこのお店に決まった。ファミリーレストランでも大阪では見かけないチェーンなので東京気分は味わえた。

「あー、人参《にんじん》がおいしい。胡瓜《きゆうり》がおいしい。やっと野菜やわ」

長田さんは野菜スティックをがりがりかじりながら言った。そのお店のサラダバーは、パスタや魚介のマリネなんかのちょっとしたおかずも取り放題だったので、わたしたち三人はサラダバーだけを注文して、お店にとっては効率の悪い客になった。

「ほんま、今日は飲みに連れて行かれへんでよかったなあ。東京営業の課長、酒癖《さけぐせ》悪いし最悪やったで」

やっと希望の食べ物を口に入れた長田さんは上機嫌《じようきげん》で、前の二晩に連れて行かれた「打ち上げ」の愚痴《ぐち》を言い続けた。

「毎日毎日、打ち上がらんでええのに。食べもんもひたすら揚げ物か枝豆しかなくって、絶対体が悪なるわ。昨日は誰かの行きつけの、新橋のビルの地下の小汚い居酒屋に連れて行かれてさ、強引そうなおばちゃんが酒注《つ》いできて、あんまり嫌やったから途中で立松さんといっしょに抜けだしたもん」

ほんとうは今日もあるはずだった飲み会は、先週納入したばかりの機械にトラブルがあって対応しなければならなくなったので流れた。夜にそういうつきあいをしないといけないことを考えに入れていなくて、携帯電話のメールでかおりちゃんと遊ぶ算段をこっそりしていたわたしは、かなりほっとした。それから一人でホテルに帰るのもつまらなそうだった長田さんも誘った。

店の中も人は少なくて、座席は三分の一ほどしか埋まっていなかった。風があるのでテラス席は閉められていて、ガラス窓の向こうには暗い海の上でライトアップされたレインボーブリッジが緑色に光っているのが見えた。きっとデートで来たら楽しいところなんやろうなと、二つ向こうのテーブルで鉄板に載ったステーキを食べているカップルを見て思った。だけど、長田さんが初対面のかおりちゃんに展示会の説明というか愚痴を言うのを聞いている今も、じゅうぶん楽しくて、レインボーブリッジもきれいだった。

「大変そうやなあ。春ちゃんがコンパニオンって、見に行きたかったわ」

プチトマトをつまんで、かおりちゃんがわたしに言った。ちょうどこの近くにある会社に仕事があってそのまま来たかおりちゃんは、グレーのパンツスーツに黒のパンプスを履いていて、三か月ほど会っていなかっただけなのに急に社会人ぽくなって見えた。

「いやー、見られたくないで。でも、機械見るの好きやから、けっこうおもしろかったかも。かおりちゃんのほうが大変なんちゃう？　終電のときも多いとかっていうてたやん」

「終電はたまにやけど、だいたい十一時は過ぎるかなあ。慣れてないのもあってしんどいから、ほんまに家帰ったら寝るだけ。家の周りもどんなとこなんか全然知らへんわ」

「へえー。どんな仕事してはるの？」

「ウェブデザイナーっていうやつですね。今は、通販関係のホームページ担当してるんですけど、リニューアルの最中で忙しいんです。先輩に教えてもらいながらやってるから、余計時間かかるし」

　言いながらかおりちゃんは、鞄からさっき行ってきた仕事の資料を何枚か出してきて長田さんに見せた。

「わあー、すごいねえ。喜多川さんもこういうデザイン系の勉強してたんやんな？　ほんで、社内報作るのもうまいことできるんや」

「春ちゃん、社内報作ってるんや。今度見せてよ」

「うーん、なんかね、わたしもまだ教えてもらいながらでなんとか形にしてるから、見せるん恥ずかしいわ」

　印刷機の都合で、縮小コピーしたイラストを鋏《はさみ》で切って糊《のり》で貼《は》って作っているような社内報は、きっとかおりちゃんが想像しているのとは違っている。そういう作業も嫌いではなくてどっちかというと楽しいのだけど、今、実際にデザインの勉強を生かした仕事をしているかおりちゃんには見せたくないと思っている自分には気がついていた。

「そうなんや。なんか、春ちゃんが普通のＯＬするって予想外やったわ。樹里みたいにお店で働くとか、デザイン関係に行くと思ってたから」

わたしもそう思ってたけど、と言いたかったけれど、長田さんの前で言うのは気が引けた。長田さんは、また人参スティックにマヨネーズをつけてかじっていた。

「あー、喜多川さんてそんな雰囲気する。うちの会社の仕事、退屈なんちゃう？　ほんまに事務って感じやもんな」

「そんなでもないですよ。いろいろ、勉強にもなるしおもしろいこともあるし。社内報も、展示会も」

それは嘘《うそ》じゃなかったけれど、それだけでもなかった。だけど、かおりちゃんと長田さんが二人目の前にいる状況では、ちゃんと説明できないので言わなかった。お昼に食べたのと同じ料理とは思えないくらいおいしいミートソーススパゲティを食べてアイスティーを飲むと、急におなかがいっぱいになった気がした。

長田さんに連れられて神田のビジネスホテルに帰り着き、シングルルームに初めて一人で泊まった。窓の外はすぐ隣のビルの壁で、部屋は狭くて、煙草の煙で変色した壁も圧迫感があった。怖かったので、明かりは全部つけてテレビもつけっぱなしで眠った。

八月

机の右端には電話があって、その隣にあるスヌーピーの絵柄のペン立ては前任の人が置いていった。引き出しの中にも、ボールペンや糊付きのメモ用紙やクリアファイルの、会社の備品とは違う鮮やかな色遣いのものがいくつか残っていて、そういうのを使うたびに、わたしが入社する一か月前に辞めた前任の人のことをちらっと考える。考えると言っても、ときどき桜井さんや山口課長の話に出てくる仕事上の話くらいしか材料がないけれど、ふと、その人がその文房具を買ってきたときの気持ちを感じるような錯覚《さっかく》がある。

右肩で挟んだままの受話器の向こうでは、まだ音楽が流れている。確か小学校のときに習ったはずだけれど題名の思い出せないその曲は、もう三回目も終わりそうだった。

「うーん、それはちょっと専務に聞いてみなわからんなあ。沢ちゃんが行く?」

経営統括部を見渡す窓側の浜本部長が、工場から来た二人と打ち合わせをしている。今日は午後から役職のある人は全員出席する集まりがあるので、事務所の中はいつもより人が多くて、窮屈でうるさい感じだった。

「はまもっちゃんの判断でええよ、とりあえずは。やっさんにも確認取ってるし」

三人は同期入社らしくて、いい年したおじさんが仕事の話をしているのに愛称で呼び合っているのを聞いていると、おもしろかった。手元のメモの文字を塗りつぶす線が濃くなったところで、電話の向こうの相手がやっと帰ってきた。

「えらい長いことお待たせしまして。七月分は、なんもありません」

「わかりました。ありがとうございます」

なんにもないのに何を調べてたんやろ、と思いながら、慶弔《けいちょう》欄《らん》確認の表に印を入れた。社内報の最後のページに、結婚とか子供が生まれたとか身内に不幸があったとかのお知らせ欄があって、それを各部署と関係会社に確かめるのが、社内報の記事をまとめるときの最後の仕事になっている。自分で電話をかけるのももう三回目なので慣れては来たけれど、一応まだ前任者が作っておいてくれた一覧表で確認しながら電話をかけていた。

「しかしなあ、それは難しいなぁ」

浜本部長は腕組みをして渋《しぶ》い顔をしている。稟議《りんぎ》書《しょ》を回す順番を変更することについて話をしているみたいだった。わたしは、前任者の手書きの文字を確かめ、機械のメンテナンスを担当している子会社の総務部長に電話をかけた。

「経営統括部の喜多川ですけど、お世話になります。熊田《くまだ》部長は……」

「ああ、なに?」

「あの、社内報の慶弔の確認なんですけど」

「はいはい。ちょっと待ってや」

それから受話器に手でふたをするような気配がしたけれど、熊田部長の声は丸聞こえだった。

「小川《おがわ》さーん。ちょっとー……。あれや、社内報の子から。先月は、死んだり生まれたりってあったんかいなぁ？」

思わず笑ってしまったので周りを確認すると、いつも通り黙ってひたすら電卓を叩いていた西川さんと目が合った。西川さんは特に感想のない顔で、またすぐに作業に戻った。電話の向こうからは、熊田部長の大声が聞こえてくる。

「ええ？　なんて？　あーわかった。もしもし？　えっとねえ、訃報《ふほう》が一件あって漢字むつかしい人やから訃報通知ファックスするわ。ほな、よろしく」

「ありがとうございます」

毎月電話をするだけで一度も会ったことがない熊田部長という人がどんな顔をしているのか、低い声と波打つようなしゃべり方と、それから熊田という名前から想像している形はあるのだけれど、他によく電話をする人で、思っていたのと実際が違っていたことが続いたから、やっぱりわからないと思った。

机の上のマグカップに少し残っていたコーヒーを飲んでからぐるっと見回すと、午後の会合に出席する人がまたまた何人かやってきていて、ついでに持ってきた用事を済ませるために総務や経理のあいだをうろうろしていた。経理部と経営統括部のしきりの窓際のところに置かれたファックスの緑のランプが点滅していた。さっきの熊田部長からかもしれないと思って取りに行くと思った通りで、機械の部品が動く音といっしょにふわっとA4の紙が出てきた。そこには画数の多い名字の人のお母さんが先週九十八歳で亡くなった、その葬儀の場所や日時のお知らせが書いてあった。長生きやったんやなと思って窓の外を見上げると、八月の午前中のとても深い青色の空があって、外はほんの何分かでも出たくない暑さなのに、カーディガンを羽織っても寒いときもある事務所の中にいると、それは冷たい水を思い出すようなほんとうに深くて涼しい色だった。

「秋には、新商品である改良型スーパープレスパックの販売も始まることですし、第一営業部の目標である売り上げ五億円を、今年度はなんとしても達成する決意であります。幸い、今期は得意先の工場の改修などが続く予定でして、それに合わせて……」

第一営業部長の話のメモをとりながら、わたしは見ないようにしている腕時計をまたちらっと確認してしまった。針は午後の三時を過ぎていた。一時に始まった決意表明会議は、予定の時間からだんだんずれてきていて、正面の壁に貼られた、昨日わたしと桜井さんが模造紙にマジックインキで書いて作ったプログラムでは、この部長の話は二時半には終わっているはずだった。ずれていくのは、一年間の決意や計画を演説する取締役や部長たちの話がたいていは持ち時間の十分を大幅に越えてしまうからで、紙に書いたりして算段はしているんだろうけれど、実際に話すと違うらしい。わたしも友だちの結婚式のスピーチでも頼まれたときは気をつけよう、と最初はそんな予定もないことを考えている余裕があった。でも、五人目の設計部の部長の話が、何度も終わりそうな期待を持たせる締めくくりの言葉を言いながら、それからもう一点、と続くことが繰り返されて、結局一人で三十分も使ったあたりから、聞こえる単語を理解するのが難しいくらい疲れてしまった。進行役の山口課長がその部長の斜め前から、終わってくださいという合図をしつこく出していたのに、気にしない人は気にしないみたいだった。

幸い、第一営業部長は簡潔に話す人で、十分より少し早く終わった。わたしはほっとして、メモをとっているノートをめくった。会場にいる人たちも、いっせいに体勢を直したり携帯電話を確認したりして、会議室の中はざわめきが満ちて、それから次の発表者の工場の生産管理部長を紹介するために山口課長がマイクで、えー、というとまたすっと静まった。第一会議室と第二会議室のパーテーションを取り払ったこの空間には、百人近くの人がいた。ものすごく広いわけでもないのでかなり詰めて並べられた椅子に座っているのは、関係会社を含めた管理職以上の人たちのほとんど全員で、だからある程度の年齢以上の男性ばかりだった。おっちゃんが百人いる閉じた部屋のいちばん後ろに、わたしは議事録を作るためにぽつんと座っていた。黒から白髪までのグラデーションとそれから何割かは髪の残り少ない頭と、グレーや紺色のスーツの背中がぎっしりと並んでいる光景は、濃密で圧迫感があって目がちらちらしてしまう。それに、この部屋は絶対に酸素の濃度が下がっていると思う。さっきから、どうやっても襲ってくる眠気と欠伸《あくび》も、ただ退屈というだけではなくて、酸素が足りないせいに違いない。それは別のおっちゃんが百人いるからというだけではなくて、違う年齢や性別の人でも、この部屋にこの人数はどう考えても多すぎる。わたしは後ろの壁際に一人だけ離れて座っているからまだましだけれど、隣の人とぴったりくっついて座っている人たちが倒れたり叫び出したりしないでちゃんと話を聞いていられるのは、偉《えら》いと思った。

そして、寒い。天井に埋め込まれた空調機器から、冷たい風がいつまでも吹き出してくる。カーディガンの前ボタンを留めてみたけれど気休めにしかならなくて、うまく字が書けないくらい指先が冷えている。夏になると、電車に乗ってもバスに乗ってもお店に入ってもなんでこんなに冷たくするんやろうと毎年思っていたけれど、それはスーツを着た人たちのためなんやと、この夏に初めて実感した。気温が三十五度を超えても湿度が百パーセントでも、シャツを着てネクタイを締めて上着を着ているたくさんの人たちに、冷房の温度は合わせられている。半袖のスーツを作っていた首相がいたけれど、どうしてあのスーツは流行ってくれへんかったんやろう。みんながあれを着るようになれば、こんなに寒い思いをしなくてすむのに。とぐだぐだ思って顔を上げると、いちばん後ろの列の端に座っている、パイプ椅子からはみ出るくらい恰幅《かっぷく》のいい札幌営業所の所長が、ハンドタオルで額から首の汗を拭《ぬぐ》っていた。

「今期の課題は、命をかけても達成する所存です。思い起こせば二十五年前、私が入社いたしましたころは景気は上り調子で……」

これは話が長いパターンだと思った。それはほとんどの人が気づいたのか、思い起こせば、という言葉のあたりから会議室の中の緊張が少し弛《ゆる》んだ感じがした。わたしはメモをとっていた手を休めて、足下に置いたかなり旧型のカセットデッキを確かめた。テープは一定のスピードで回っていて、録音中の赤いランプが点滅していた。来週、社内報の印刷が終わったら、議事録を作るためにこのテープで三時間分の決意表明をもう一度聞いてしかも文字にして打ち込まなくてはいけない、と思うと、メモをとるのが面倒だという気持ちがまた強くなって、その分、眠気がやってきた。閉じていくまぶたを何とか上げて前を盗み見ると、誰もわたしに気がつく気配もなかった。だけど気づかれないからといって、初めて出席した決意表明会議で新入社員が眠ってしまうのはよくないから、なんとかシャープペンシルを握り直したのだけれど、うまく文字が書けなくてノートがぼやけて見えた。

「……以上で終わります」

急に力を込めた声が響いて、わたしはびくっと顔を上げた。椅子から浮き上がるくらい反応してしまったので、誰かに見られていないか心配になって周りを見回したけれど、幸い誰も気がついた人はいなかった。ノートを見ると、判読が難しいぐらいぐにゃぐにゃの「顧客のニーズ」のズの右下がぎゅーっと伸びてノートの端まで続いていて、その先の床に握っていたはずのシャープペンシルが落ちていた。

マグカップにコーラを注いで、一気に飲んだ。

向かいの机でノートパソコンを睨んでいた桜井さんが、顔を上げた。

「珍しいやん。炭酸苦手とちゃうかった？」

「いや、なんか、すかっとさわやかになりたくて」

甘いカラメルのような味がぷちぷち弾けた感覚が残っている口で、わたしが答えると、桜井さんは大笑いした。

「お疲れさん。ようあんな空間で三時間もがんばったなあ」

「半分以上うとうとしてました。空気が薄かった」

空になったマグカップに、五百ミリリットルのペットボトルからコーラをまたいっぱいまで注いだ。コーラを飲むのは、一年以上ぶりだった。会議が終わって出てきた人たちがあちこちでうろうろしていて、オフィスの中は落ち着かない雰囲気だった。もう就業時間が終わるような気になりかけたけれど、まだ一時間もあった。

「平塚《ひらつか》さんも決意表明会議がいちばん疲れるって言うてたわ」

右手で自分の左肩を揉みながら、桜井さんの声は同情でいっぱいだった。平塚さんはわたしの前任者で、昨日見つけた平塚さんのノートの中の決意表明会議のメモも、居眠りをしていたと思われる箇所がいくつもあった。

「ただ座ってただけなんですけど、なんか……」

その後が続かないくらいわたしの体力は奪われていて、またコーラをがぶ飲みした。

「桜井さーん、ほな帰るわ」

聞き慣れない声に振り返ると、廊下との仕切を兼ねている棚越しに、東京支社総務の八木《やぎ》課長が手を振っていた。

「あ、もう行くんですか？　幸子《さちこ》さんによろしくー」

桜井さんが手を振り返しているあいだに、別の男の人が八木さーんと呼びながら走ってきて、エレベーターホールへいっしょに歩いていった。今日はたくさんの人をいっぺんに見たので、誰が誰なのか混乱気味だった。

「八木課長の奥さんって、前に経理にいてはった人なんですよね？」

「そうそう。幸子さん、わたしが入社したときに営業で先輩やって。そのときから八木さんとつきあってはってんけど。今は単身赴任やから、ちょっと大変そう」

「単身赴任？　じゃあ、奥さんはこっちに住んではるんですか？」

「うん。家買ったばっかりやったし子供も小学校入りたてやし。迷ってたみたいやけど。今日は金曜やから、家に帰れてちょうどよかったんちゃう」

「そう言えば、なんとなくうれしそうな感じでしたね」

八木課長が歩いていった方向を見ると、背の高い、髪の毛がほとんど残っていない五十代くらいの人が経理のほうへ向かってきて、その人を目で追いながら桜井さんは言った。

「谷川《たにがわ》所長も福岡じゃしょっちゅう帰られへんし、こういうときはいいんちゃう？　まあ、帰りたくない人もおるやろうけど」

あれがいつも福岡営業所の電話に出る低い怖そうな声の人なのか、と、想像とそんなに離れていなかった実物を眺めた。

「ふーん。単身赴任の人って結構いてはるんですね」

「そうやなあ。うちの会社ってさ、家を買うたら転勤になるってジンクスがあって……」

自分の両親は地方公務員なので遠くに転勤の可能性はなかったし、仲のいい友だちでお父さんだけが離れたところに住んでいる子もいなかった。だから、テレビドラマなんかで単身赴任という設定があっても、そういうのは東京、ようするに自分の住んでいるのとは別の世界にはそういう制度があるんやろう、というような認識でいたことに、こうして実際単身赴任の人と関わり合うようになって気がついた。

「ちょっと、そこの女の子、三部コピーしてくれへんかな？」

斜《なな》め後ろにある打ち合わせコーナーで話していた四人のうちの一人が、Ａ４の紙を何枚かぺらぺらさせて走ってきた。

「両面で、あとホッチキスもして」

「あ、はい」

女の子という呼ばれかたは、なんとなく自分のことじゃないような気がすると思いながらわたしは立ち上がって紙を受け取って、その人がさっき三十分間決意を語った人だとわかった。わたしがコピーしているあいだも、桜井さんは話し続けた。

「それってやっぱり、家のローンがあったら、転勤とかいうても会社辞められへんやろ、ってことなんかな？　名古屋の元田《もとだ》さんなんか家新築してその次の週に辞令が出て……」

両面で三部、というややこしいこともタッチパネルで選ぶだけでできてしまう、さらにホッチキスまで留めてくれるコピー機はなんて賢《かしこ》いんやろうと思う。会社に入りたてのころに驚いたことの一つで、樹里にもうれしがって話して笑われた。賢いコピー機から出てきた完成形の三部を手に取ろうとしたら、健康保険組合の事務長をしている片岡さんが走ってきた。

「喜多川さん、遅なって悪かったなあ。これ、できたで、創立記念式典の原稿と写真」

三年前に定年になってから健康保険組合で事務長をしている片岡さんは、四十年以上勤めているこの会社が大好きらしくて、会社の行事関係の社内報の記事は全部書いてくれるし、会社にある簡単な印刷機で印刷するのも担当している。

「ありがとうございます。じゃあ、月曜の夕方か火曜日の朝には完成しそうですね」

いつ頃作ったのかわからない、会社の名前の入った古い小さいサイズの原稿用紙と四枚のスナップ写真を受け取って、中身をぱらぱらと確認した。とても小柄な片岡さんは、一つ上のフロアにある健康保険組合から走ってきたみたいで、軽く息切れしていた。

「よっしゃ。じゃあ、印刷の用意しとくから、電話してな」

「はい。よろしくお願いします」

片岡さんは帰りも走っていった。その後ろ姿を見送って、桜井さんが言った。

「相変わらずちっちゃいな、片岡さん。創立記念式典なんか、めちゃめちゃ張り切ってはったんちゃう?」

「そうでしょうねえ」

手元の原稿には、何度も消しゴムで消しては書き直した跡があった。

「おーい、まだかいな?」

窓際の打ち合わせコーナーから手を伸ばして、話の長い設計部長が催促した。

「今持っていきます」

わたしは慌ててコピーした書類を持っていった。それから席に戻り、作りかけの社内報の原稿を出した。パソコンで文字を打つ気持ちになれなかったので、せっかく走って持ってきてくれた片岡さんには悪いけれど創立記念式典の記事は後回しにして、慶弔欄のイラストを切って貼る作業をぼちぼちやることにした。A4サイズで八ページの、学級新聞みたいなかわいらしい社内報の最終面は、まず労働組合主催のハイキングや趣味で陶芸をやっている人の紹介なんかを載せて、その下に結婚と出産のお知らせが写真入りで続いて、最後の訃報は文字だけだった。

結婚式と赤ちゃんの写真はもう貼り付けてあって、見出しの部分に花やかわいらしい動物の絵なんかを切り抜いて貼る作業が残っていた。桜井さんが、向かいの机から身を乗り出して原稿を覗き込んだ。

「今月って、結婚誰か載ってる？　ふーん、知らん人やなあ。うわー、奥さん若いっ」

先月結婚したのは工場の製造部の男の子で、本人は二十三歳、相手は十九歳と書いてあった。

「十九歳で結婚かあ。確かに若いですね」

「製造とかは十八から働いてる人が多いから、結婚も早いんやろうけど、二十三と十九は若いなあ」

若いと繰り返す二十九歳の桜井さんに、結婚の予定があるのかどうかはわたしは知らなかった。公開されたばかりの映画に行ってきた話をよくしていて、いっしょに見に行っているのがどうも男の人らしいというのはなんとなく感じるのだけれど、桜井さんが言わないので聞かなかった。たまに、よく話す営業部のおじさんたちに、そろそろ結婚せなというようなことを言われると、桜井さんは、ええ人おったら連れてきてください、と言って笑っている。

「あー、和田《わだ》さんて二人目生まれてたんや。女の子かー」

桜井さんの関心は、出産のお知らせ欄の、赤ちゃんにしては髪のふさふさした女の子に移っていた。わたしは、二十三歳と十九歳の結婚したばかりの二人の写真に目を戻した。中学の同級生が結婚したらしいとは聞いたことはあるけれど、よく知っている友だちはまだ誰も結婚していないし、そんな話が出たこともなかった。写真の中で羽織《はお》り袴《はかま》を着てポーズをとっている、わたしと同い年の会ったことのない男の子は、篤志やまわりの男の子の友だちと変わらない締まりのない笑顔で、それでも結婚はしてもいい年齢なんだと思った。

わたしも結婚したり子供を産んだり家を買ったりダンナが単身赴任したりするんやろうか、と思ってみたけれど、具体的な感情は特に湧《わ》いてこなかった。

「ちょっと、これもコピーしてくれへんかな」

話の長い設計部長が、今度はサイズの大きい図面をひらひらさせていた。

「はいはい」

わたしはマグカップのコーラを飲み干して立ち上がった。

南船場《みなみせんば》で樹里と簡単にごはんを食べてから、心斎橋に戻った。夜九時前になっても人や看板や自転車や洋服でごちゃごちゃした通りの途中にある見落としそうな路地を入って、行き止まりかなと思ったところで左を見たらその先に入り口があって、白いペンキを塗った板にシンプルな文字で「little eyes」と書いてあった。分厚い木の枠にガラスがはまっているドアは開けっ放してあって、外までウクレレの音が入った曲が聞こえていた。

「決めた？」

簡素で小さな白いテーブルの上に立てられた手書きのメニューを見ていた目をわたしに向けて、樹里が聞いた。わたしと樹里が座ったのは、四つあるうちのいちばん奥のテーブルで、入ってすぐの席に二人の女の人が座っていて、あいだの二つは空いていた。わたしがいるテーブルの向こう側は四畳半ほどの正方形のギャラリースペースがあって、真っ白の壁の上から三分の一くらいの高さのところには額に入った写真が並んでいた。樹里は、入り口のテーブルのお客さんと話していた店主らしい男の人を呼んだ。

「アイスラテとアイスティーください」

樹里はこのお店にバイト先の人たちと何度か来たことがあると言っていて、注文をするのも親しさと慣れがあるしゃべりかただった。男の人は、はいよ、と返事して、振り返るとお酒の瓶やフライヤーが置いてあってごちゃごちゃしている狭いカウンターの中にいる、髪が長くて目が大きい女の子に注文を繰り返した。お店はとても小さい空間だったので、彼は一、二歩動くだけで注文を取れた。

「寺島《てらしま》さん」

樹里が、伝票に注文を書き込んでいるその男の人に声をかけると、彼はボールペンを持ったまま振り返った。黒いベースボールキャップのつばの下に見える、四角い顔の丸っこい目がこっちを向いた。

「大学の友だちで、春子。いっしょにデザインしてるって言うてた……」

壁側の席に座っていた樹里が、わたしを紹介した。

「こんにちは」

わたしは座ったまま軽く頭を下げた。

「寺島です。喫茶店やってます」

寺島さんも笑って頭を下げた。寺島さんは三十歳よりも少し若いくらいに見えた。緑色のTシャツに腰には黒のエプロンをしていて、輪郭線《りんかくせん》に髭《ひげ》の生えた四角い顔はお客さんを迎えるにふさわしい愛想のいい感じで、誰かに似ているような気がしたけれど思い出せない。

「またなんか作ったんやったら持ってきてよ。こないだのは全部なくなったわ」

寺島さんはドアの脇のフライヤーが重なり合っておかれている黄色いプラスチックの台を指さした。篤志のイベントのん置いてもらってん、と樹里がわたしに言った。

「春子さんも洋服屋？」

キャップをかぶり直しながら、寺島さんが聞いた。

「わたしはＯＬしてます。ここから歩いて五分もかかれへんとこに会社があって」

「へえー。うちお昼ごはんもあるから、よかったら食べに来てください」

と言って寺島さんはカウンターのほうに体を捻り、お店の地図と住所なんかが書いてあるカードを取ってくれた。

「今、写真展やってる子、まだ専門学校出たばっかりやねんけど、色きれいやしなんかおもしろいもん撮《と》ってくるからめっちゃ気に入ってて、あとでゆっくり見ていって」

カードといっしょに、展示してある写真のポストカードもわたしたちに手渡してから、寺島さんは入り口の席に座っていた女の人たちが帰るというので見送りに行った。

「ここ、いっつもいい感じの写真とか絵とかやってて、おもしろいねん。うちとこの店長が寺島さんと前から知り合いやって、こないだから何回か連れてきてもらって」

白い壁に並んだ写真を見回しながら、樹里が言った。犬とか高層ビルとか森とか、題材はばらばらだったけれど、どれも色鮮やかで静かな感じのする写真だった。

「篤志の友だちの、ほらこないだ会った、すごい細かいごちゃごちゃした絵書いてる子も前にここで展示したことあるって言うてた」

「あー、わかった。だからなんか名前聞いたことあったんや。リトル・アイズって」

わたしはその男の子の顔はあんまり思い出せなかったけれど、極細のサインペンで書かれたモザイク画みたいな絵は覚えていた。わたしらもなんかしたいな、と樹里が言ってわたしも頷いた。

「お待たせしました」

カウンターの中にいた女の子が飲み物を持ってきた。小柄できゃしゃな、とてもかわいい子で、サイケデリックな花柄のタンクトップに七分丈のパンツをはいていた。

「こんばんはー」

ドアのところから賑やかな声が聞こえてきて、そっちを向くと二人の男の人と、続けて女の人三人が、寺島さんと挨拶の言葉をたくさん交わしながらぞろぞろと入ってきた。

「あれ、樹里ちゃんやん」

最後に入ってきた女の人は、樹里が働いている洋服屋の先輩で、わたしもそのお店で会ったことがあった。樹里はもう一人の女の人も知っているみたいで、席を立って話しに行った。狭い店の中はいっぺんに騒がしくなり、椅子とテーブルのあいだをすり抜けて二人の男の人がわたしの隣のテーブルに、女の人たちはその向こうに座った。みんなわたしよりも少し年上みたいだった。樹里は女の人たちとしゃべっていたので、わたしはアイスティーを少し飲んでから、ギャラリーのほうへ写真を見に立った。

一周してから席へ戻ると、壁側に座っていた男の人はどこに行ったのかいなくなっていて、わたしの席のすぐ隣に男の人が一人で座って雑誌をめくっていた。わざとぐしゃっとしているのかただ伸びているのかわからない中途半端な長さの髪が顔にかかっていて、その下から鼻と唇が厚めの口が見えた。白い半袖のシャツから出ている腕はほどよく日焼けしていた。くせのある髪に隠れた横顔をなんとなく見てしまっていると、寺島さんがアイスコーヒーを持ってきた。

「ちょっと前になかちゃんが来て、すっぽかされたって言うとったで」

寺島さんにそう言われて、彼は顔を上げた。はっきりとした眉毛《まゆげ》の下の目は眠そうだった。

「あー、寝坊しててん。起きたらもう八時過ぎとったわ」

彼は笑って、どうもあまり手を入れていないらしい髪をぐしゃっと掻《か》くと雑誌を閉じて、アイスコーヒーを、差してあるストローを無視して直接グラスからがぶがぶ飲んだ。寺島さんは、また寝てたんか、と呆《あき》れて笑い、それからわたしと目が合った。

誰かに似てる、とまた思ったけれどやっぱりわからなかった。

「あ、これは正吉《しょうきち》。いちおうデザインとかの仕事してる、ってことにしとこか。春子ちゃん、ＯＬしてるねんて」

彼はこっちを向いてグラスを置いて、

「どうも」

と、言って愛想笑いはしないでほんの少しだけ頭を下げた。

「あ、どうも」

わたしは慌てて挨拶を返してから、やっと思い出して鞄から樹里とやっているデザインユニットの名刺を出した。

「あの、こういうのやってて。遊びっていうか趣味っていうか、好きでやってるだけなんですけど。向こうの、樹里と」

わたしの声に、樹里が気がついてテーブルの向こうから手を振ったけれど、戻ってくる様子はなかった。はがきサイズにわたしと樹里の連絡先を書いたカードを、まだ眠そうな目で見つめたまま彼が言った。

「喜多川春子、って……」

カードを持っている左腕には星形の鋲《びょう》が一個ついた革のリストバンドが巻いてあって、長く使っているのか肌色から飴色に変わりかけていた。

「なんか、この名前、漫才とか落語とかの芸名みたいやなぁ」

独り言みたいにぼやっと言って、その人はまたコーヒーをがぶがぶ飲んだ。寺島さんが気が抜けたように笑った。

「なんやそれ。どこがやねん」

「いや、なんとなく、めでたそうな字やん。お正月の番組とかに合いそう」

「正吉の考えることはいっつもどっかずれてるわ」

「そう？　だって、喜びが多くて春やろ」

自分の名前について二人がやりとりしているのを見ながら、わたしはやっと、寺島さんが似ていると思ったのは笑福亭仁鶴《しょうふくていにかく》だと気がついた。

九月

九月も半ばなのにまったく衰える気配のない暑さにうんざりしながら、堺筋本町《さかいすじほんまち》の駅から五分ほど歩いて目的のビルの四階に着いたのは十時過ぎで、ちょっと遅くなったなと思ったのに、上半分に磨《す》りガラスがはまったドアの向こうは、暗くて人の気配はなかった。一応何度かノックしてみたものの、廊下のいちばん奥のその部屋からは、やっぱりなんの応答もなかった。しかたがないので、わたしは歩いてきた廊下を逆に戻り始めた。五メートルほどの間隔で両側に並ぶドアには、訪ねてきた事務所と同じように、財団法人とか社団法人とかが頭にくっついた名前がドアの磨りガラスに書いてあった。灯《あか》りがついているのと暗いのと、半分ずつくらいだったけれど、廊下には誰もいないしとても静かだった。

建物が古いせいか、エレベーターはなかなか降りてこないし、冷房も効きが悪いわりにごうんごうんと大げさな音が聞こえてくる。八階まであるビルは、大阪府か市の関連団体の所有のようで、一階のホールでは地方企業の商談イベントをやっていた。エレベーターで一階に下りて、受付の五十歳ぐらいの女の人に、尋《たず》ねてきた団体の名前を言って、誰もいないんですけど、と聞くと、ああ、あそこは十時半ぐらいにならんと誰も来《け》えへんのんちゃうかな、と愛想なく言われてしまった。

　一度会社に戻るにしても中途半端な時間なので、とりあえずロビーのソファに腰を下ろした。昨日、工場の品質管理部の人から連絡があって、先週梅田で開かれた食品加工のシンポジウムの資料がほしいので取りに行ってくれと頼まれた。今日は仕事がとても楽な日なので、会社に行く前に直接寄ることになったのだけれど、普通の会社だったらとっくに始まっているこの時間に、誰もいないとは思わなかった。

　結局、ビルの向かいの喫茶店でアイスコーヒーを飲んでから戻ってくると十時四十分で、突き当たりのそのドアは開いていて蛍光灯に照らされた事務所の中が見えたので、ほっとした。

「すいません、昨日、連絡させていただいたエビス包装機器の喜多川といいますけれども、先日のシンポジウムの資料いただけますか」

　ドアを一歩入って声をかけると、ワンルームマンションほどの広さの部屋の真ん中の机にぼんやり天井を見上げて座っていた眼鏡《めがね》をかけた三十歳ぐらいの女の人が、すごく驚いた顔でわたしを見た。

「あのー……、昨日、池辺《いけべ》さんていう人にお伺いしたんですけど……」

　あんまり驚いた表情をされたので、なにか間違えたのかと思って、おずおずと聞いてみた。眼鏡の女の人は、窓際に座っているボーダーのTシャツを着た学生みたいな女の子と半袖の開襟《かいきん》シャツの若い男の人と顔を見合わせててから、

「はいはい、あれね」

と言って立ち上がり、壁際のコピー機の横に積まれた小冊子《しょうさつし》から一冊抜き取って、こっちへ持ってきた。この人も水色の半袖シャツにジーンズで、なんか会社とは雰囲気が違うなと思った。

「これでいいですよね。千円です」

眼鏡の女の人は、封筒にも入れず薄紫色の厚紙で製本された資料らしきものを手渡した。千円とは昨日電話で聞いていたけれど、渡されたその冊子は薄っぺらくて、とても値段に見合っているとは思えなかった。でも、内容はわたしにはわからないので、財布から千円を出した。

「領収書お願いします」

それを聞くと、女の人はまたびっくりした顔をして、振り返ってボーダーの女の子と開襟シャツの男の人を見た。今度は窓際の二人も顔を見合わせて、立ち上がってぞろぞろこっちに歩いてきた。

「ちょっと、待ってくださいね」

眼鏡の人はぎこちない笑顔をわたしに見せると、コピー機の横の棚の前にしゃがみ込んで引き出しを開け閉めし始めた。

「こっちやったっけ？　違う？　ハンコってどれなん」

「違うって、そっちじゃないって」

「……なんて書いたらいいの？」

棚と机のあいだに集まった三人は、頭をつき合わせてしばらくああでもないこうでもないと言い合っている。桜井さんが見たら絶対怒りそうだと思った。品質管理部の人が昨日の電話で、送ってくれたらええのに取りに来てくれって言うんやわ、と不満そうに言っていたけれど、この状態を見ていると納得《なっとく》が行った。様子を窺っていると、隙間から見える領収書らしきものは何回かめくられ、三枚目でようやく完成したようで、やっとそれを手に眼鏡の女の人が戻ってきた。

「これでいいですか」

「はい。ありがとうございました」

渡すほうが自信がなさそうなので、もらったこっちも信用ができないところがあったけれど、さっと見たところ社名も金額も間違ってはいなかったので、わたしは軽く頭を下げてその事務所を出た。また顔を見合わせた三人は、わたしが帰るのでほっとしているみたいだった。

静かな廊下を歩きながら、左手に持った領収書をもう一度確かめた。字は感心するほどきれいだった。なかなか来ないエレベーターを見限って、薄暗い階段を降りながら考えた。あんまり忙しそうでもないし、怖い上司もいないようだったし、学生みたいな格好でもよくて領収書一枚にあんなに大騒ぎしているからにはそんなに難しい仕事はないんやろうな。出勤してくるのも十時半、それもきっちり決まっていないみたいだし、残業があるとか特別能力が必要な仕事があるとも思えない。内職だってできそうだった。公共的な要素の強い事務所だから、給料や社会保障も安定していると思う。まあ全部推測だけれど。

ああいう職場ってどこで見つけてどういう経緯で就職するんやろう。なにかやりたい仕事があって、その仕事、もしくはそこにたどり着くために働く人もたくさんいるんだろうけれど、実際に会社に入ってみるとそれだけでもなくて、たとえば長田さんみたいにライブに行ったり好きなものを買うために働いてるっていう人もいっぱいいる。長田さんみたいなパターンだったら、わたしもそっちに近いんやろうけれど、きっと仕事のほうは楽ならそれに越したことはないと思う。大学の友だちの中には、作品の制作をいちばんに考えたいから、と言って就職はしないでバイトを続けている子も多い。たとえばウェブページ制作の下請け仕事とカラオケ店を掛け持ちしている倉田《くらた》くんなんかが、ここの事務所みたいな仕事があるって知ったらどう思うやろう。このあいだ会ったときも忙しいって言うてたし、仕事を代わってあげてほしいな、倉田くんは愛想も要領もいいから領収書ぐらいすぐ書けるやろう。逆に、気が短い倉田くんのほうが耐えられなくて勤まらないかもしれないけど。

そこまで思ったところで一階に降りると、左側のホールのイベントで商談をしていたらしい会社員の人たちが、お客さんを見送りに出てきたところだった。大きな封筒を持った二人の三十代半ばぐらいの男の人に、それより十歳は年上のおじさんが、何度も頭を下げていた。そのすぐ横で、水色の作業服を着た二十歳そこそこに見える髪の薄茶色い男の子が、高い脚立《きやたつ》に上って天井に埋め込まれた空調設備の修理をしている。彼は、足下で挨拶をしあっているスーツ姿の人たちを、邪魔そうな目でちらっと見て、危ないと思ったのか作業を中断した。その脇をすり抜けて外に出ると、もう随分高いところに上ったまだ真夏と変わらない太陽が容赦《ようしや》なく照りつけて、わたしは思わず手に持ったままだった冊子を目の上にかざした。

額を流れる汗をハンドタオルで拭きつつエレベーターを降りると、見覚えのある花模様の段ボール箱を抱えた水野さんとサービス部の野沢《のざわ》さんが通りかかった。

「おかえりー」

「いいとこに帰ってきたね。えーっと、喜多川さんのは……」

野沢さんは段ボール箱の中を手探りして、小さな赤色の箱と封筒を出した。

「はい、これ」

「ありがとうございます」

わたしは、エレベーターの前に立ち止まったまま箱を受け取った。

「喜多川さんはなに買うてんの？」

「フレーバーティーセット。先月から」

会社に入ってから知ったことの一つなのだけれど、女子職員がある程度の人数いる場所を狙って成立している商売がいくつかあって、細々《こまごま》したものが毎月届く頒布会《はんぷかい》という方式の通信販売はその筆頭だった。野沢さんと水野さんはそのグループリーダーになっていて、月に一回届く荷物を仕分けして配って集金している。

「それ、前にわたしも頼んでた。おいしいやんな。今日はゆっくり飲めるね」

いつものんびりした雰囲気の水野さんが、一段とゆったりした笑顔で言った。今日は月に一度の経営会議の日で、会議は工場で行われるから、本社にいるのは総務と経理の課長が一人ずつと、役職のない若い男性社員だけ、しかもそのほとんどは営業で外に出ている。だから、女子社員はみんな気楽に休憩したり机や棚の整理をしたりできて、「楽しみな日」になっている。

「あとで、集金行くからよろしくねー」

野沢さんと水野さんは、箱の中身を配りに営業部のフロアへ軽い足取りで歩いていった。

着替えて、自分の机に行って、座る前にフロアを見渡すと、人が少ないので見晴らしがよかった。男の人で席に着いているのは総務の二十七歳のわりに老け顔の福原《ふくはら》さんだけだった。いつも忙しい隣の経理部も、今日は集金の日でもないので、珍しく女子三人でお茶を飲んでいる。

「あーあ、なにしようかなあ、今日」

斜め向かいの席で、おもいっきり腕を広げて伸びをしながら桜井さんが言った。社内便の封筒や受注票がきちんと机の脇に重ねられているところを見ると、今日やらないといけないことはもう終わってしまったらしい。

「お茶飲みます？　これ」

わたしは椅子に座ると、さっき野沢さんから受け取ったばっかりの、バニラフレーバーのお茶の箱を目の前で振って見せた。

「ごめーん、さっきコーヒー飲んだとこやねん。おやつのときに飲もうよ。ほら、これもあるし」

桜井さんは引き出しから、同じく受け取ったばっかりらしいお菓子のセットを出した。

「じゃあ、棚の片づけでもします？　経営会議の議事録の棚、ぐちゃぐちゃになってたでしょ？　あと、文房具入れも」

「うーん、もう昼からでええんちゃう」

棚と時計を見比べて、あんまりやる気のない声で桜井さんが言った。時計を見ると十一時半を過ぎていて、確かに今から始めると中途半端なところでお昼休みになってしまう。それに、わたしも桜井さんも、昨日までは今日の会議の準備でとても忙しかったので、反動で気が抜けてしまっている。

きゃー、ちょっとやめてよ、という甲高い、たぶん営業の多田さんの声が廊下から響いてきて、続けて何人かの笑い声が聞こえてきた。たぶん廊下のコピー機のところで、話に花が咲いているみたいだった。

「お昼、なに食べようかな」

今日は買いに出るつもりらしい桜井さんが、今度は机にべったり伏した格好で言った。

「わたし、今日は電話当番やから、そんなん聞いたらお腹空くやないですか」

「そっか。まだ食べられへんのか。じゃあ、朝、遅くてよかったね」

それを聞いて、わたしはさっきの領収書のことを思い出し、桜井さんに顚末《てんまつ》を話し始めた。

「えー、信じられへん。でも、あるんよねー、そういう適当な職場。きっと給料もよかったりすんねんで。あー、代わってほしいわ、そんな仕事」

わたしが思ったのと同じようなことを桜井さんが言うのを聞きながら、品物を配り終えて空になった段ボール箱をぶらぶら振って楽しそうに戻ってきた野沢さんと水野さんを見て、まあ、外から見ればうちの会社も似たようなものかもしれない、と思った。どんな仕事も、実際にその中にいる人にしかほんとうのところはわからないのかもしれない。


お昼休みには、受付以外は電灯は消され、東向きのフロアは日陰で薄暗くなる。いつもいっしょにお昼を食べている長田さんと水野さんと桜井さんが、お弁当とお茶を入れたマグカップを持って第三会議室に入ってしまうと、誰も見えなくなった。電話当番のときは、いつもならパソコンに入っている簡単なトランプゲームをしたり携帯で友だちにメールを送ったりもするのだけれど、今日は一日中暇《ひま》だから、逆にそういうことをする気にもならないで、窓際に立って外を眺めていた。真昼には外を歩けなかった暑さも、先週の終わりごろからやっとましになってきて、深い窓枠に寄りかかって真下を見ると、カッターシャツ姿でお昼を食べに行く男の人たちも、そんなに大変そうに見えなかった。御堂筋の銀杏《いちょう》並木は、深い緑色が茂っていて、秋になって真っ黄色になることを想像するのが難しい。会社勤めの人たちに混じって、タンクトップにミニスカートの女の子たちが、横断歩道を渡っている。そういえば、大学はまだ夏休みのところがほとんどなんだと思って、そんなことをもう忘れていた自分に少し驚いた。学生のときは、夏休みがお盆《ぼん》の数日だけになるなんてとてもつらいかもしれないと思っていたけれど、働き始めてみると、毎日会社に来ることにすぐに慣れてしまった。ただ、春休みがないということに気がついたときは、少し悲しかった。横断歩道を渡りきった女の子たちは角の銀行のＡＴＭへ入っていった。どこかの会社の男の人たちは、その隣のビルの地下にある、夜は居酒屋で昼は定食をやっている店の階段を降りていった。こうして上から見ていると、丸っこい頭に手足が付いた人の姿は、足の裏に車輪でもあるみたいに滑らかに進んで、暑さも歩く重さも感じられなくてどことなく楽しそうに見える。

向かい側に目を向けると、わたしの職場があるこのビルとほとんど同じ大きさで、高さは三階分低いオフィスビルがある。こちらよりも一昔古い作りのそのビルには屋上があって、たまに一人で柵《さく》にもたれて遠くを見ているおじさんが見えると、桜井さんや山口課長たちと、あの人飛び降りたらどうしよう、といちおう言い合ってみる。

最上階の右端の会議室と思われる部屋には、また女の人がたくさん集まって長机に並んで座っていた。四月や五月には、わたしと同じ新入社員が研修を受けているのだと思っていたのだけれど、そこは生命保険会社が入っていて、ほとんど毎週なんらかの説明会や研修が行われていることに、夏の初めに気がついた。今はそこもお昼の休憩らしく、スーツを着たわたしよりも年上の女の人たちは、配られたお弁当を広げていた。

経理部の外線の電話が鳴り響き、誰もいないのに周りを見渡してから、きっと知らないところからなので多少緊張して歩いていって電話を取り、自分の机にあるのとは型が違う受話器の手触りを感じながら、会社の名前を答えた。

路地というよりビルの隙間の道を進んでリトル・アイズのドアを開けると、カウンター前にいたささちゃんというバイトの女の子が、いらっしゃいませ、と言った。やっぱりまだまだ外は暑くて、襟元まで流れてきた汗が冷房の効いた空気ですうっと冷やされるのを感じながら、こんにちは、と言った。それを聞いてささちゃんは、一瞬間をおいてから少し驚きの混じった顔で笑った。

「あー、誰かわからへんかった。ＯＬさんしてはるんやったね」

そう言われてわたしは自分が制服を着ていることが多少気恥ずかしくなり、今お昼休みで、と早口に説明しながらいちばん奥のテーブルに着こうとして、ドアを入ってすぐの壁際に見たかった顔を見つけてびっくりした。

「ああ、どうも」

雑誌から顔を上げた正吉くんはやっぱりあまり愛想はよくなくて、そのテーブルには氷が溶けて上に水の層ができたアイスコーヒーのグラスがあった。

「どうも……こんにちは」

わたしは不自然じゃないかなと気にしながら笑顔を作って、隣のテーブルに座ろうかと思ったけれどそこまでは戻れなくて、中途半端に一つ空《あ》けた席に座った。

「今日はごはんは日替わりランチしかなくて、唐揚げやねんけど、いいですか？」

お水をもってきたささちゃんが、とても愛想のいい笑顔で聞いた。今日はチャイナカラーの赤いノースリーブにジーンズをはいていた。

「あ、はい」

わたしは正吉くんに気をとられていたので妙に硬い返事をしてしまったけれど、ささちゃんは気にしていないみたいで、狭そうなカウンターの中にするっと戻って準備を始めた。寺島さんはいないみたいだった。

「お昼休みって今から？」

アイスコーヒーを一口飲んで正吉くんが聞いた。特になにかの感情を読みとれない話し方だった。正吉くんに会ったのは、先々週に樹里と会社の帰りにリトル・アイズに寄ったとき以来で、そのあともわたしは二度会社の帰りに覗いてみたのだけど、いなかった。お昼にいるとは思わなかった。これで、会うのは四回目。

「えっと、普通は十二時やけど、電話番がときどき回ってきて、そのときは一時から」

わたしは、もっと説明したかったけれど、急にはしゃいでも変に思われそうだし、それだけ答えた。グラスの周りの水滴がテーブルの上にまで流れているアイスコーヒーの様子からすると、正吉くんはもうここに長い間いて、だからもうすぐに帰ってしまうかもしれないことが気にかかった。

「へえー、そんなんあるんや」

正吉くんは、さっきと違って単純に感心した声を返した。わたしははりきって、そうやねん、電話かかってくるし宅急便とか来るし、と続けた。だけど、それには正吉くんはふーんとだけしか答えなくて、また雑誌をめくり始めたので、わたしは話しかけにくくなって、正吉くんには雑誌があるけれどわたしにはないのも落ち着きが悪くて、ギャラリーに飾られた小さな額の絵を、遠くてよく見えないのにきょろきょろと見ていた。日替わりランチが早くできないかな、と思いながら。

「お待たせしました」

ささちゃんがにっこり笑って、テーブルの上に唐揚げの載ったお皿とお茶碗とみそ汁のお椀を並べた。いい匂いがした。

「おいしいで、ここの唐揚げ」

ずっと雑誌を見ていた正吉くんが、急に言った。

「うん。おいしいよ」

ささちゃんが、すぐに声の出なかったわたしより先に答えた。

「正吉くん、唐揚げ好きやなあ。さっき、自分も食べてたんで」

ささちゃんが、正吉くんのグラスのお水が空になっているのに気がついてピッチャーを取りあげながら、教えてくれた。

「そうなんや」

「ええやろ。おいしいやん、唐揚げ」

正吉くんはちょっとむきになった感じでそう言って、ささちゃんが入れてくれたお水を飲んだ。わたしはまた、そうなんや、と繰り返して、その唐揚げを食べ始めた。気になる人が近くにいると、食べるという動作は急に難しくなる。唐揚げは正吉くんが言った通りおいしかったけれど、少し大きめでかじらなくてはいけないので食べにくかった。正吉くんは、また雑誌を見ていて、わたしのほうを見てはいないのだけど。

テーブルの向こう側で、ささちゃんが後ろで一つに結んでいた髪を高い位置にまとめ直しながら、CDが詰め込まれたラックを見ていた。それから横向きに重ねて隙間に積まれていた中から一枚を抜き取り、ラックの裏側にあるステレオを操作してCDを入れ替えた。スタートボタンが押されて、ピアノとバイオリンのゆっくりした音が入った、簡単な感じの音楽が聞こえてきた。

「あー、こないださ」

正吉くんが顔を上げた。それはささちゃんに言っているのかわたしに言っているのかわからなかった。

「なんか言うてたやん。見たい映画あるって」

二週間前に会ったとき、そんな話をした！　わたしはほおばっていたごはんを急いで噛んだ。

「言うてたん、あれやろ、ポール・トーマス・アンダーソンの去年やってた、虹色《にじいろ》のん」

そう言われても、わたしの口にはまだごはんが残っていて、頷くのが精一杯だった。カウンターの向こうでささちゃんが振り向いた。

「それって、『パンチドランク・ラブ』？　あれ、めっちゃおもしろかったで」

「ささちゃんも好きなんや。なんかこないだ聞いてから気になってたら、今、特集上映やってるって載ってるわ。アメリカ若手監督特集。見に行こかな」

「見たい見たい」

やっとごはんを飲み込んで、急いで言った。ささちゃんがカウンターから出てきて、正吉くんのテーブルの上の雑誌を覗き込んだ。

「あ、ほんまや。来週までか」

ささちゃんはそのままそのページを眺めた。正吉くんは腰にぶら下がっている小さい鞄から携帯電話を出し、なにかを確認するようにかちかちボタンを押して画面を見てから髪をぐしゃっと掻いた。

「良さそうやなあ。喜多川さんも、行く？」

突然、予想外のことを正吉くんが聞いた。わたしはそれが、単にわたしが見に行くかと聞いているのか、いっしょに行こうかと聞いているのかわからなかった。それでどっちでも同じ答えを返した。いっしょに行くかと聞いてくれていることを期待して。

「行きたい」

そう言ってから右手にお箸を握りっぱなしなのに気がついて、お箸を置いた。正吉くんはまた携帯電話をちらっと見てから、聞いた。

「喜多川さんて、会社何時に終わんの？」

「五時四十分」

「ふーん。中途半端な時間やな」

「六時前には絶対出られるよ。急いだら五時五十分でも」

言葉に勢いがありすぎると自分でも思って、それから、正吉くんの言ったこととかみ合ってないとも思って、気持ちが焦ってその分口が動かなくなった。

「わたしも行きたいな。もう一回見たいと思ってててん」

テーブルに両手をついて体重を載せて片足を上げているささちゃんがにこにこ笑っていた。立ち仕事だから足がだるいんだと思った。

「ええなあ。一人より人と見る方が好きやし。いつやったらええかな……、でも、おれなあ」

と、正吉くんが言いかけたとき、握っていた携帯電話が鳴って話が中断した。正吉くんが電話を耳に当てて、なんて？　と聞き返しながら席を立ってドアを開けて外へ出た。路地の奥のビルの谷間にあるお店なので、電波が悪いのかもしれない。

「映画、好きなん？」

溶けた氷も全部なくなった正吉くんのアイスコーヒーのグラスを片づけながらささちゃんが聞いた。

「うん。そんなに、めっちゃ見てるわけじゃないけど」

「『パンチドランク・ラブ』、よかったで。なんか、やる気になった」

カウンターの向こうに行ったささちゃんはまたにっこり笑った。ささちゃんのその言いかたは、あまり意味はわからなかったけれど、きっといい映画なんだと思った。

「おれ、行くわ。ごちそうさん」

ドアが開いて、電話が終わった正吉くんは急いでいる様子で、テーブルの伝票を取りながら財布を出し、ささちゃんに小銭を払った。

「ほんなら、また」

お釣りはなくて、正吉くんはそのままさっとドアを開けて出て行ってしまった。開いたところから、さっと強い日の光が差し込んで、それはすぐに消えて人工の光の色に戻った。

「なんか、正吉くんは、いっつも急やねん」

ささちゃんが言って、レジに小銭を入れる音がした。映画が終わる前に正吉くんにまたここで会うことができるんかな、とわたしは思った。電話番号もメールアドレスもまだ知らない。


机の上に、小さなお菓子の袋を並べて、どれがいい、と桜井さんが聞いた。

「うーん、じゃあ、そっちのクッキーっぽいのにします」

自分の席じゃなくて、桜井さんの隣のいつもは西川さんが半分使っている机に座って、わたしは桜井さんとおやつの時間を始めた。わたしが買ったフレーバーティーは今月分はバニラで、お菓子といっしょだと甘すぎるような気もしたけれど、二人分入れてきた。

「ほんなら、わたしはこっちのチョコレートにするわ。いただきまーす」

お昼から経理の課長も出かけてしまって、フロアはますます女の子だけの休憩時間という感じになってしまった。机周りの片づけも終わったわたしと桜井さんは、ゆっくりのんびりお菓子を食べ始めた。

「こちらのパソコン、今、使って構わないですか？」

滑らかな口調で尋ねてきたのは、データシステムの会社から派遣されている高井《たかい》さんだった。

「おやつの時間？」

高井さんがわたしに聞いた。高井さんは、高校三年のとき同じクラスだった女の子で、二週間前から新しい経理システムの導入で派遣されて来た三人の中にいるのを見つけて驚いた。それから二日に一度は会うので、ときどき話す。

「うん。パソコン、今は誰も使ってないから、どれも大丈夫やよ」

「じゃ、この二台を先にインストールするから。失礼します」

高井さんは、桜井さんに軽く会釈すると、コピー機のすぐ隣に置いてあるパソコンの前に座って電源を入れた。黒いパンツスーツを着ている高井さんは、高校のときもなんでもてきぱきこなしていた印象があるけれど、今もわたしと同じ社会人一年目とは思えない、場慣れした動きだった。接する機会の多い経理の人たちが、派遣されてきた他の男性よりも高井さんのほうが仕事が進むと言っていた。

「工場とのライン、うまくいってます？」

桜井さんが、高井さんに聞いた。

「うーん、まだ合わないですね。今日も工場の管理部の人がつかまらなくって、やり直したいプログラムが進まないんですよ」

　だいたいの状況を把握している桜井さんは、その答えを聞いて、大変ですよね、と同情した。パソコンが動き出して高井さんは作業を始め、わたしはお菓子を食べ始めたけれど、高井さんがすぐ後ろで真剣に仕事をしているので、食べにくかったし話しにくかった。

「あのー」

　高井さんが振り返った。パソコンの画面にはダウンロード中の表示が出ている。

「ここの会社って、毎月こんな感じなん？」

　左手のマグカップと右手のクッキーを見られている、と思った。

「忙しいときもあるけど、今日は会議があっていちばん楽な日やねん」

「ふーん」

　そう言って上半身を伸ばしてフロアを見渡してから、高井さんは続けた。

「わたし、いろんな会社行ったけど、ここってかなりのんびりしてるっていうか、ちょっと変わってると思う」

「そうなんかな？　確かに、そんなに厳しくはないけど、わたしはここが初めてやから」

「大手の取引先とつながりがあって安定してるみたいやけど、最近はそういうのも当てになれへんし、気をつけたほうがいいよ」

ダウンロードが終わり、ぱちぱちと素早くキーボードを叩きながら、高井さんは画面を見たまま言った。

「だって、危機感なさすぎると思わへん？　喜多川さんはあんまりばりばり仕事するって感じじゃないから、合ってるかもしれへんけど、スキルが身につかへんて不安じゃないかなあ」

「うん。まあ」

わたしはそれだけしか答えなかった。会社のことについてなのか自分のことについてなのか、わたし自身もはっきりしなかった。高井さんは、そんなにえらそうに言われへんけどね、と言ってから、いっしょに派遣されてきた男の人に呼ばれて総務部のほうへ行った。その後ろ姿を見送ってから、桜井さんが低い声で聞いた。

「高校いっしょなんやったっけ？　けっこうきついこと言うなあ」

「高井さんは現実的というか、受験もクラスでいちばん早く推薦《すいせん》決めてたし。社外の自分が忙しいのに、社員のわたしが遊んでたら、なんでなんってなりますよね」

確か、高校のときにわたしが美術系の大学を受けると言うと、そういうとこって就職ないんちゃうの？　と聞かれたことがあった。そのときのわたしは、自分がこうして会社勤めをして仕事をするというイメージはまったく持っていなかった。就職活動をしているとき、面接のグループに高井さんみたいな人がいると、自分には就職なんてできないような気がして落ち込んだのを思い出した。

「わたし、のんびりしてるほうが合ってるし」

高井さんの言い方が桜井さんの気に障ってるんじゃないかと多少気になったし、それにほんとうにわたしにはこれくらいの仕事の進め方でちょうどいいと思っていたので、桜井さんに笑って見せた。いつも、おじさんたちの愚痴やテレビのことをしゃべりながら仕事をしている桜井さんなので、頷いてくれると思ったら、違った。

「でも、高井さんが言うてることは正解やで」

桜井さんは笑っていなくて、高井さんが作業中のパソコンの画面をじっと見て、独り言みたいに言った。

「わたしも、このまま人生が通販とテレビで終わったらいいのになって思うけど、そういうわけにはいかへんのやろな」

わたしには、その言葉の正確な意味がわからなかった。ただ、自分はどれくらいのあいだこの会社で仕事をするつもりなんやろうか、とぼんやり思った。


樹里のバイトが終わってから、大学の友だちのえっちゃんと三人でリトル・アイズに行った。今度は寺島さんもいて、ささちゃんもまだいて、お客さんも多くて賑《にぎ》やかだった。わたしたちが入り口のすぐ脇のテーブルにつくと、席は全部埋まった。お茶を飲んでしゃべっていると、ドアが開いて、正吉くんが覗いた。髪を短く切っていた。

「なんや、散髪してきたんか」

寺島さんが、正吉くんの顔を見て笑った。正吉くんはまた愛想のない声で、おお、と言ってからわたしに気づいて、ああ、と言った。

「こんばんは」

わたしが軽く頭を下げると、隣で樹里がにやにやしていた。正吉くんに二回目に会ったあとで、気になっていることを言ったら、そんなん見たらわかるわ、と返された。正吉くんがどこに座ろうか店の中を見回していると、ささちゃんが折りたたみの丸椅子を持ってきてえっちゃんの隣に置いた。それに座ると正吉くんがわたしに言った。

「見てきたで、『パンチドランク・ラブ』。めっちゃおもろかったわ。行ったほうがええで。ハワイ行きたなったわ」

わたしは、とりあえず、そうなんや、と答えて、それから樹里とえっちゃんにお昼も会ったことを説明した。

「あの後で行ったん?」

いっしょに行くと思ってたのに、という気持ちはなるべく出さないで正吉くんに聞いた。

「うん。いや、どうしようかなって思ってんけど、おれ、明日から忙しなるから、映画とかなかなか行かれへんようになると思って、ちょうど時間あったし、行ってみてん」

別に約束をしたわけでもなかったけれど、やっぱりいっしょに行くつもりはあったのか、正吉くんは少し申し訳なさそうだったので、それでもういいかと思った。

「正吉、明日から新しい会社行くねん。祝ったたって」

そう言って、寺島さんが缶ビールを二本持ってきた。寺島さんはとても楽しそうだった。

「転職したん？」

わたしは正吉くんの仕事の話を聞いたことがなかった。正吉くんは寺島さんからビールをもらい、ありがとう、と軽く乾杯した。

「こいつの行ってた会社、変やってんで」

寺島さんは一口でビールを半分ぐらい飲んでしまってから言った。正吉くんも楽しそうで、ビールをおいしそうに飲んで話した。

「五人しかおれへんデザイン事務所やってんけど、それが社長が愛人のために作った会社でな、この愛人ていうのがまた地味なおばちゃんなんやけど、めちゃめちゃ公私混同やから大変やったわ。おもしろい仕事はいろいろあったんやけど。まあ、明日からちゃんと働きます」

「がんばりや」

ビールを空けた寺島さんは、正吉くんの肩を叩いて、カウンターの中に戻った。わたしは、短い髪の正吉くんにまだ慣れなくて、だけど似合っていると思った。正吉くんはまたアイスコーヒーを頼み、わたしは映画の感想を正吉くんに聞いた。

十月

　工場に得意先を招いての新製品の見学会のあと、役員やお客さんたちは早めの昼食会に向かって、わたしはその間に製造部にリーフレットに使う写真を撮りに戻った。新製品は、粉末や顆粒《かりゅう》の食品を計量、充塡《じゅうてん》、密封してラベルを貼る定番商品の改良型で、一度にできる本数が増えて、できあがりの寸法の調整がタッチパネルで簡単に操作できるように改良された。実機を見たのは新入社員研修の工場見学と展示会のときだけで、もちろん実際に使ってみたこともないわたしは、どこがどう良くなったのか実感できなかったけれど、同じシリーズの今までの機種よりは色も明るい水色で操作盤がすっきりして見栄えはよかった。こういう産業用の機械は受注先の要望や条件によって仕様が変更されるので、工場に完成品がずらっと並んでいるわけではない。それでも、製造途中の機械があちこちにありパイプや電線が壁や天井を走る工場の風景は、何度見てもわくわくする。

「ほんならわし、ちょっと戻るわ。一人で大丈夫やろ。そっちには入らんといてや」

　今日初めて話をした製造部の部長に、新機種の完成モデルが置いてある第二工場の入り口の脇に案内されてきた。部長は誰かに本館に帰ってくるように呼ばれたらしい。

わたしよりも若い製造部の男の子といっしょに慌てて走っていった。わたしは新機種から二メートルほど離れた非常口の前あたりで、工場の総務部で借りてきた三脚を組み立てた。山口課長に借りた、一眼レフのデジタルカメラをセットして画面の中と実際の製品を見比べながら位置を調整した。普通の建物の三階より高いところにある天井近くの窓から光が差し込んでいて、予想していたよりも明るかった。その窓の下には柵のついた狭い通路があって、斜めの屋根と窓とその通路と大きな電球の感じがどこかで見たことあると思ったら、体育館だと思い当たった。高い天井に遠くの作業する音が響いて聞こえるのも緑色のリノリウムの床に赤や黄色の線が引いてあるのも、体育館に似ていた。大型トラックも出入りできる広々とした入り口の脇は出荷前の製品を保管しておく場所らしく、反対の壁際にはパレットに載せられてビニールがかけられただいたい二メートルの幅と高さの完成品が三つ並んでいた。

このスペースは、工具や部品の段ボール箱なんかが納められたスチールの棚で仕切られる形になっていて、その向こう側では機械の組み立て作業が進んでいる。奥からこちら側へと段階的に作業が進んでいくようで、いちばん手前の製品は、今から写真を撮ろうとしているのとほとんど変わらない。わたしのいる位置からだと棚や機械がじゃまになって、工場の奥はあまりよく見えない。二、三歩近寄って首を伸ばしてみると、その機械で作業をしていた人がちょうど陰から出てきたところで、唐突に顔を合わせてしまい、気まずく会釈だけして慌てて三脚のところに戻ったけれど、その人もこちらを気にしているのがなんとなく感じられた。たぶん、工場の中に女子社員が入ってくることは珍しくて、しかも今日はわたしは工場に来ることを忘れてジーンズに赤のカーディガンで来てしまった。見慣れない人が自分たちの職場で動き回っているとそれは気になって当たり前だと思いながら、やっぱり機械を作っている様子を見てみたい気持ちがうずうずしていた。

わたしよりも少し背の高い機械のいちばん上には、包装する中身を入れる漏斗《ろうと》のような形の投入口がついている。放物線のような形で下が丸くぴかぴかに磨《みが》き上げられたステンレスには、カメラを構えたわたしが細長く映っている。その下には同じ形の細長い筒《つつ》の周りに細長かったり円形だったりする部品がくっついた形状のものが八列並んでいて、その奥側も同じ構造になっていた。機械の中央部にフィルムを接着して切断する部分があるのだけれど、そこには鉄板のカバーがあって正面からはよく見えない。一番下にできあがった製品が滑り出てくるレールが並んでいて、そこにベルトコンベアが取り付けられるようになっている。機械が正確に同じ動きを繰り返す状態がわたしは好きで、展示会のときもとにかく実演しているものばかり見に行っていた。今、目の前のこの新商品は動いてはくれないので残念だったけれど、それでもどういう動きをするのか想像がつくようになったから、筒状の部品が上下してその下の円形のボルトのような部分がくるくる回転するのが思い浮かび、楽しい気持ちになった。

一通り写真を撮り終えて、こっそり機械の陰から工場の中のほうに向けてカメラを構えてみた。最後には電気系統の点検をするところがあって、その周りにはコードがつながった計器やはんだごてのような器具が壁からぶら下がっていた。コードがごちゃごちゃ延《の》びている様子なんかもかなり好きで、ＳＦ映画やアニメみたいだと工場見学のときも思った。通路側には、メーターが三つと緑や黄色のスイッチが何列も並んだ機械が置いてあって、その整然とした配置は機能的でかっこよく、特に真ん中に赤と緑のランプが交互に並んでいるところに心を惹《ひ》かれて、今度樹里がバイトしているお店のカードを作ることになっているので、この配色をそのデザインに使ってみようと思って写真を何枚か撮った。

「喜多川さーん、そろそろ帰るみたいですよ」

高い声がして振り向くと、非常口のドアが開いて生産管理部の木田さんが覗いていた。

「あ、今片づけます」

「まだお客さんとしゃべってはったから、そんなに急がんでもいいよ」

木田さんは、特に変わったところもないカメラと三脚を珍しそうに見てから、へえーこれが新しいやつなんや、と新機種に近づいた。生産管理という、わたしよりはよほどこの機械に近い仕事をしていても、現場で実機を見る機会はあまりないみたいだった。

「今から、本社に帰るの？」

第二工場よりもずっと古い第一工場の脇の道を歩きながら、木田さんが聞いた。空は秋晴れの落ち着いた青い色をしていて、錆《さび》の浮いた灰色の工場の外壁とはっきりしたコントラストになっていた。木田さんは前に一度本社に来たときに会ったけれど、そのとき着ていたロングスカートの格好とこうして工場で見る制服姿では印象が違って、制服のほうが若く見えて電話の声の感じに近かった。

「そうです。社長の車に乗せてもらって。西田《にしだ》常務も山口課長もいっしょやから、なんか着くまでじっとしてるのがしんどそう」

「あはは。ほんまやね。電車で帰った方が楽かも。駅までが遠いけど」

工場は、三十年ほど前に郊外の丘陵《きゅうりょう》地に造成された工業団地の中にあって、駅からの循環《じゅんかん》バスは昼間は本数がないうえに遠回りで三十分近くかかってしまう。だから社用車で送ってもらえると時間的にも楽なのだけれど、社長や常務がいっしょでは気が抜けなくて疲れる、ということを今朝来るときに実感した。

「桜井さん、元気？」

木田さんは桜井さんの同期で、仕事でも直接関係があるので毎日のように電話しているけれど、実際に会うことは滅多にないみたいだった。

「元気ですよ。昨日も営業の藪内さんに無理言われて、一日中怒ってました」

「あー、相変わらずやねえ。桜井さん、仕事ができる分だけ、営業の人らもつい甘《や》ってもらおうとするんよね。あんまり無理さして、桜井さんが辞めたりしたらすっごい困ると思うけど」

　木田さんは穏やかなしゃべり方で、でも少しだけ切実に言った。桜井さんはもう辞めたいみたいなことをときどき言うのだけれど、他の人も言うことだし、どれくらい差し迫った気持ちなのか、わたしには計れなかった。

「工場って、いろんな機械があってかっこいいですね。もっと来たいです」

「そお？　うちの工場、けっこう古いし時代遅れっていうか。わたしのほうこそ、もっと本社行きたいわ。まだ子供ちっちゃいし、全然そっちのほうに出られへんもん」

　四歳と二歳の女の子の写真を、前に見せてもらったことがあった。確か旦那さんは設計部の人だったと思う。なにかにつまずきそうになって足下を見ると、今はもう使われていないらしい錆びたレールがコンクリートに埋まっていて、第二工場のほうへと曲がって続いていた。

「わたし、機械のごちゃごちゃした感じとか好きなんですよ。こういうの、この会社に入らへんかったら見られへんかったし」

「あ、それはそうやね。わたしもネジとか鉄板とかの種類いっぱい覚えたわ。転職したら役に立てへんやろなあ」

　第一工場の角にくっついている倉庫の脇を曲がると、本館の裏手にある駐車場に出た。お客さんたちの車はもうなくなっていて、黒い社用車の横で山口課長と西田常務が立ち話をしていた。本館の裏口から社長が小走りで向かってきた。木田さんが、本社のみんなによろしくね、と言って社長と入れ違いに戻っていった。ぴかぴかに磨かれた自動車の車体に、空と雲と工場が映っていた。

正午過ぎの普通列車には座席が半分埋まるほどの人しか乗っていなくて、西田常務とふたりで、あと三十分は乗っていなければならない気まずさが際だってしまっていた。

「一つ戻ってから快速のほうが早かったんだよねえ。なんで思いつかなかったんだろ」

常務は電車が出てからしばらく同じ言葉を繰り返していたけれどそれもやっと収まって、向かいの窓の外の、ずっと遠くのほうを見ながらぼそっと言った。

「ぼくねえ、前はこの辺に住んでたんですよ。たぶんもうすぐ見えますよ、前の家」

「そうなんですか」

わたしは西田常務とほとんどしゃべったことがなくて、同僚の女の人たちも西田常務は苦手だという人が多いから、緊張して答えた。社用車で工場を出て五分ほどしたところで社長に電話がかかってきて、どこか別のところへ行く急用ができたらしく、わたしたちは駅で降ろされてしまった。調子のいい山口課長は社長といっしょに行くことになって、わたしと西田常務だけが電車で本社まで帰ることになった。常務は重役の中では珍しくあまりおなかが出ていない細身の体型で、たいてい三つ揃いの背広を着ていた。

「けっこう長かったなー。工場でずっと生産管理やってたんだけどね、二十年かな」

常務は大阪弁ではないけれど標準語とも少し違う、抑揚《よくよう》の少ないアクセントで、ぼそぼそとしゃべった。わたしの顔は全然見なかった。

「へえー。工場のほうが長かったんですね」

「ほら、あの山みたいなとこの陰にゴルフ場のネットが見えるでしょ。あの横」

常務が指を差した方向を見たけれど、手前に高い建物が続いて視界が遮られてわからなかった。それで常務も話が続かなくなったのか、しばらく黙ってしまった。わたしも自分から常務になにを言っていいか見当がつかないので、並んで窓の外を見ていた。

窓の外を流れていく景色は、線路の近く以外はほとんど二階か三階建ての家が並んでいて、隙間にときどき田んぼか畑が見え、その奥には低い山が連なっていた。山は濃い緑色で、紅葉はまだまだ遠そうだったけれど、夏までの鮮やかな色とも違っていた。そういえばこの路線に乗るのは四月の研修の最終日以来で、そのときは大雨だったのを思い出した。

本当ならお昼休みの時間なのでおなかが空いた。本社に帰ってからなにを買いに行こうか考えていると余計におなかが空いてきたので、戻ってからする仕事の段取りを考えようとしていると、正吉くんのことが思い浮かんだ。今日は金曜日で、前まではリトル・アイズで正吉くんに会う確率の高い曜日だったのだけれど、正吉くんが新しい会社で働き始めてから会う機会が半分以下に減ってしまった。最後に会ったのは二週間前の水曜日で、樹里のバイトが終わってからお茶を飲みに行ったら、正吉くんが寺島さんにレコードを借りに覗いて、少しだけしゃべった。気持ちが構えてしまっているせいか電話番号もメールアドレスも聞きそびれたままで、でも、そうやってあのお店で偶然会うことが重なっていく感じのほうがなんとなくいいような気がしていた。そのときは、ささちゃんと三人でしゃべっていて『ブルース・ブラザース』の話にどこからかなり、そしたら映画の中のレイ・チャールズの真似がうまくてめちゃめちゃおもろい友だちがいる、ということを正吉くんが身振りをまじえてものすごくうれしそうに話して、意外だったんだけどそのいつもとは違うはしゃいだ感じにわたしはやっぱりこの人が好きかもしれないと思った。

そんなことを思ってぼんやりしていると、左耳に常務の声が聞こえた。

「二十五年も経つと、この辺も変わるんだね」

常務の目はずっと窓の外の遠いところを見ていて独り言のようだったけれど、会社に入ってからそれなりにこれくらいの年齢の人に接してきた経験からすると、昔の苦労話なんかが始まるのかなと思った。でも、常務は続きを言わなかったので、わたしも外を見た。工場の近くよりは建物が密集していて、新築のマンションも目につく。高圧線の鉄塔が山のほうからずっと続いて線路と交差した。近くに幹線道路があるのか、大きくてわかりやすい看板が、家並みの向こうにずらっと見えるところがある。

「この先に、球場があるんだけどね」

唐突に常務が言った。

「前はそこをプロ野球の二軍が練習に使ってたんだよ。そういうとこって子供のファンクラブみたいなのがあってただで練習試合なんかが見られるんだけど、うちの息子も通ってってね」

「へえー、そうなんですか」

わたしはまだ年の離れた会社の人と話すときの語彙《ごい》が足りなくて、また同じようなことを言ってしまった。

「わざわざ電車乗って。野球なんか、なにがおもしろいのかわからないんだけど、ぼくは」

常務はにやっと笑ってすぐに元の顔に戻った。わたしは西田常務が笑うのを初めて見たかもしれなかった。

「まだあるのかなあ、あの球場」

きっと、今常務の頭には二十年以上前のその球場や住んでいた街やそれからそのときの工場の風景なんかが浮かんでいるんやろうな、と思った。常務が何歳なのか正確には知らないけれど、わたしが生まれる前からエビス包装機器に勤めているはずで、そんなに長い間同じ会社に毎日通い続けるってどんな感じがするもんなんやろうかと思った。常務という役職について、ただの取締役よりは偉くて専務よりは偉くないというくらいにしかわかっていないわたしだけれど、三十年くらいのあいだに大きい仕事や揉め事もたくさんあって、それから結婚したり子供が野球をしたりして、そういうことがずっとつながって今は常務なんだとは思った。そういうのは今のわたしには実感はなくて、ただ単純に人生の長さみたいなものに感心しただけなのかもしれないけれど、自分はまだここの会社を覗いてみてるだけで仕事らしいことはできていないという気持ちになった。

電車がやっと次の停車駅に着いた。駅のすぐ向こうには大型のショッピングセンターが見える賑やかな駅で、乗ってくる人も多かった。長めの停車時間のあとでベルが鳴って電車が出発した。

「もうそろそろ仕事には慣れましたか?」

西田常務が初めてわたしの顔を見て聞いた。

「喜多川さん、浜本部長に頼まれてた特許の勉強会の資料ってコピーして送った?」

コンビニエンスストアで買ってきたお弁当を更衣室で食べてから部署に戻ったときに桜井さんに聞かれて、わたしはやっと三日前に頼まれた用事を忘れていたことを思い出した。

「あっ、まだです。どうしよ」

「急いでないみたいやけど、今日金曜やし、今日中には送ってほしいって」

慌てて時計を見ると、三時前だった。社内便と宅配便を集荷に来る時間は五時であと二時間あった。でも、その間にわたしはリーフレットの構成案をプリントして広告会社にファックスで送るのと社内報の原稿の依頼書を送るのと来週浜本部長が出張に行く分の切符を隣のビルの一階にある旅行会社に取りに行くのと、五時までにやらないといけないことがいくつもあった。

「えーっと、こっちをコピーして……」

焦りながら引き出しに入れたまま忘れていた資料を出して、コピーする資料を分けてホッチキスの芯を外した。このあいだも急いでいるときに慌ててコピーしたらホッチキスの針が付いたままでコピー機に巻き込んでしまい、書類は破れるしコピー機の取りにくいところに紙を詰めてしまって大変だったので、まずそれが頭に浮かんだのだった。

「わたし、今ちょっと手伝われへんけど、大丈夫?」

パソコンのキーボードを叩きながら桜井さんが言った。今日は受注統計の締め切りの日だとわかっていたので、なんとかなります、と答えて、とりあえずいちばん量の多い資料を持って経理部との間にあるコピー機に駆け寄り、部数を指定してスタートボタンを押した。コピー機が動いてくれている間に送付状を作ることにして、自分のパソコンのスイッチを入れたところに広告会社から電話がかかって来た。

「近くまで来てますんで、ついでにリーフレットの原稿取りに上がります」

「えっ、今ですか？」

「えーっと、五分ぐらいですね。行けます？」

わたしは自分の散らかった机の上となかなか立ち上がらないパソコンの画面とを見比べて、まあ出力するだけだから大丈夫だろうと思って返事をした。

「はい、わかりました」

それで電話を切ったら、コピー機がピーピーと鳴りだした。動きが止まったコピー機を見に行くと、用紙切れの表示が出ていた。コピー機のすぐ横の用紙を置いてある棚を見ると、ちょうどＡ４だけがなくて、仕方がないので廊下にある営業部のコピー機へ走った。

「おかえりー。お疲れ」

廊下のいちばん向こう側のコピー機は長田さんが使っているところだった。

「Ａ４あります？」

走りながら聞くと、長田さんは積み上げてあるコピー用紙の入った段ボール箱を見た。

「あるある。なんぼでもあるよ」

長田さんはＡ４の包みを二つ取ってくれた。

「内田さん、帰ってるよ。なんか頼むんやろ？」

社内報の原稿を内田さんに頼むことを長田さんに言ってあった。内田さんは書くのは嫌だと最初は言うのだけど直接頼めば受けてくれる、と山口課長に言われていた。

「えーっと、後で行きます。まだいますよね」

帰りまでおるよ、という長田さんの返事を聞き終わらないうちにコピー用紙を抱えて、わたしはまた廊下を走った。後ろから、長田さんががんばりやーという声が聞こえた。

「ほんまに大丈夫？　ちょっとぐらいやったら手伝おか？」

コピー機の用紙トレイを乱暴に開け閉めしていると、桜井さんが振り向いた。

「すいません、ばたばたして。たぶんいけると思うんで……。もし、無理そうやったらお願いします」

「早めに言うてな」

桜井さんは不安そうだった。わたしはやっと珊瑚礁《さんごしょう》の海の壁紙が浮かび上がったパソコンを立ったまま操作して、昨日作った新機種のリーフレットの構成案をプリントアウトするアイコンをクリックして、それからコピー機の様子を見に戻ったところに水野さんが呼びに来た。

「ウエステックの方、来られてますよ」

「はいはい、すぐ行きます」

まだ三分しか経ってないやん、と思いながらプリンターから出てきた用紙を途中で引っ張るみたいに出して、受付に行くと広告会社の人が待っていた。

「あれ、裏面ってこないだはスペックだけっておっしゃってましたけど、山口さんが」

　広告会社の三十代半ばと思われる背の高い男の人は、よく顔を合わせる社外の人の中ではいちばん気さくな感じで話しやすく、仕事のやりとりも的確で早いので、わたしでも応対がしやすかった。

「え、そうですか？　概要図も入れるって話になってたんですけど……。今日、山口は外出しててたぶん戻らないんですよ。電話して確認取ったほうがいいですよね」

「あー、じゃあ、月曜の午前中に返事いただければ構わないですよ。そこだけ空けてやっときます」

　彼は用紙にささっとメモ書きをして、丁寧にわたしに挨拶をしてエレベーターに乗った。なるべく広告関係はあの人に頼んでくれたらいいのにな、と、そういうことを決める立場にないわたしは思って、それからコピー機のことを思い出して戻りかけると、エレベーターから浜本部長と営業の課長が見たことのないお客さん二人を連れて降りてきた。

「あ、喜多川さん、お茶四つ。第二応接ね」

浜本部長たちはさっさと応接室へ入っていった。わたしは給湯室へ行くと、水野さんが専務用の蓋付きの豪華な湯呑みにお茶を入れているところだった。専務と社長だけは、朝九時と午後三時に水野さんにお茶を入れてもらえる。

「お客さん？　いくつ？」

四つです、と答えると、水野さんは水切り籠《かご》から湯呑《ゆの》みを四つ取ってくれた。それから、社長はまだ帰っていないから専務の湯呑み一つだけをお盆に載せて行った。

応接室にお茶を持っていってお盆を給湯室に返してコピー機のところに戻ると、わたしがやりかけていた書類は横によけられていて、総務課長が大量のコピーをしていた。

「ちょっと使わしてな」

有無を言わせない総務課長の声に無言で頷いて、先に次のコピーをセットしてからお茶を入れに行けば良かったと後悔《こうかい》しながら、わたしはよけられていた書類の束を持ってまた廊下のコピー機に走ってセットして帰ってきた。それから、社内報の依頼書を内田さんに持っていって、その帰りにコピーの続きをセットして、浜本部長が下書きしていた送付状をパソコンで作り、それからコピーが終わった書類をまとめて分けて、東京支社と工場の分は社内便の封筒に、営業所のは郵便用の封筒に入れて宛名を書き、廊下にある宅配便や郵便を置いておく棚に持っていった。間に合った、と思って帰ってくると、応接室から出て来客を見送る浜本部長の姿が見えて切符を取りに行くことを思い出し、応接室をばたばたと片づけてから、デスクに戻って新幹線の時間を書いたメモを掴み、エレベーターで一階に下りた。

無事に切符を買ってエレベーターで十三階に着いたところで腕時計を見ると、ちょうど五時だった。いつもの運送会社の中村さんというおじさんが、荷物のたくさん載った台車を押して来るのと擦《す》れ違《ちが》って挨拶をした。あと四十分、そういえば下期《しもき》の経費の配分の表を作るのも頼まれていたので終業まではそれをゆっくりやろうと思いながら、受付の横の通路から戻ろうとすると、総務部のいちばん奥のどっしりした机に座っている西田常務と目が合った。

そして、これが仕事に慣れてきたっていう感じなのかな、と思った。

他にお客さんのいないリトル・アイズの奥のテーブルに座って、ささちゃんと寺島さんとしゃべりながら樹里を待っていると、正吉くんが入ってきた。

「ああ。なんか、久しぶりな気がする」

正吉くんはいつもの愛想のない声で言って、わたしの隣の壁側の椅子に座ってアイスコーヒーを注文した。

「仕事の帰り？」

樹里が来るのが遅かったらいいな、と勝手なことを思いながらわたしは正吉くんに聞いた。

「そんな感じ。……食べられた犬の骨、見てきた」

「なんやそれ」

白いシャツと黒いパンツに茶色の革靴という、昼間会社で見る男の人たちとは違うけれど、仕事用の格好をした正吉くんは、眠そうに欠伸をしていた。正吉くんが注文する前から用意を始めていた寺島さんがすぐにアイスコーヒーを持ってきた。もう十月だったので、いつまでアイスなんやろ、とちょっと思った。

「仕事ちゃうやん。今日はどこの博物館行ってん?」

寺島さんが笑うと、正吉くんは気にしてる様子もなくコーヒーを一口飲んでから答えた。

「歴史なんとか……。ほら、NHKの隣のかっこわるい建物あるやろ。あのすぐ近くのお客さんがおんねん。おれは時間通りに行ったのに、二時間ぐらい帰って来えへんねんもん」

「食べられた犬の骨?」

聞き慣れない組み合わせの単語に、わたしは想像をまとめられなかった。正吉くんが言っている博物館というのは、大阪城の南側に何年か前にできた歴史博物館のことだと思ったけれど、わたしはそこに行ったこともないし詳しい内容も知らなかった。

「正吉、博物館とか行ったらものすごい喜びよんねん。小学生みたいやろ」

寺島さんが、カウンターに置いたマグカップのたぶんコーヒーを飲みながらからかうように言ったけれど、正吉くんはまじめな口調で答えた。

「普段見いへんもんいっぱいあっておもろいやん。あそこ、いちばん下はほんまの遺《い》跡《せき》あるねんで。飛鳥《あすか》時代ぐらいの京《みやこ》の上に博物館建ってんねん。ほんで、その遺跡に入れるツアーとかもあるらしいわ。時間ないから行ってへんけど」

「ふーん。ほんで、食べられた犬の骨ってなんやねん」

「そのまま。昔の人が食べた犬の骨」

正吉くんはポケットから携帯電話を出してきて、そこで撮ってきたらしい写真を画面に表示した。

「ほらほら」

「ほんまや、犬の骨や」

わたしも横から覗かせてもらった。小さい画面の写真ではよくわからないけれど、水色の台の上に背骨のようなものがゆるく曲がって並べられ、左の先に細い頭蓋骨《ずがいこつ》が置いてある。

「この上のとこに、犬の絵があんねん」

「あはは、生前予想図やん。なんか悲しいな」

カウンターの中の椅子に座っているささちゃんは、二人のやりとりをにやにやして聞いていた。

「瓦《かわら》がかっこよかったわ。昔の。単純で、見てすぐ、かっこええなってわかるねん」

「へえー。ちゃんとデザインの勉強にもなってるんや」

「そうかな？　いや、たぶん、かっこいいのんとかおもろいのんが好きなだけ」

それからしばらく、寺島さんと正吉くんは、そこの博物館が豪華なのでなんぼなんでも金かけすぎちゃうか、おれらに使わしてくれたらいろいろおもろいことできるのに、というようなことを言い合っていた。

正吉くんのアイスコーヒーが半分ぐらいになったところで、樹里が入ってきた。

「こんばんは。正吉くん、久しぶり」

と言いながら、わたしの顔を意味ありげに見て笑ったと思ったら、そのすぐ後ろでドアが開いて女の人が入ってきた。

「……ああ、寺島さん、こんばんは」

黒髪のストレートヘアではっきりした顔立ちのその女の人は、最初に正吉くんを見てなにか目で合図しあうような感じがあり、それから寺島さんに挨拶をした。寺島さんはちょっと、あれ、というような表情で一瞬間を置いてから、久しぶりやん、と言った。

「もう行けるよ」

女の人は前後になんの説明もなく、それから愛想笑いなんかも見せないで、正吉くんにそれだけ言った。正吉くんは腕時計をちらっと見て、そしてごそごそと立ち上がった。

「寺島くん、ほんなら、行くわ」

女の人と寺島さんの間に立ったままの樹里の目は正吉くんを見ていると思ったら、

急にこっちを見て視線が合った。たぶん、樹里もわたしと同じことを感じているみたいだった。

「じゃあ、また」

寺島さんに挨拶して先に出た女の人の後に続くように、あっさり帰りかけた正吉くんは、振り向いてわたしに、またいい映画あったら教えてよ、と言って出て行った。閉じていくドアの隙間に見える二人の後ろ姿を、笑いを浮かべたままの顔で見送って、それから向かいの席にやっと座った樹里になにか言おうかと思ったけれど、言葉が浮かばなかった。

「あの二人、また戻ったんかな」

うしろでささちゃんの声が聞こえた。わたしは振り向かないで続きを聞こうとして、樹里はささちゃんと寺島さんの表情をちらちら観察していた。

「さあー、そうちゃうか。前もそんな感じやったもんな。高校からやろ？　長いし、くっついたり離れたりでずっと続くやつもおるもんな」

「ふーん。男と女って難しいのね」

ささちゃんの言い方は、ドラマの登場人物の真似でもしているような軽い調子で、それに寺島さんも、そうなんでーす、と節《ふし》のついた返事をした。そこでようやく樹里に注文を聞くのを思い出した寺島さんがごめんごめんと言いながら樹里に何を飲むか聞いてスチームミルクを作り始めたら、高校生ぐらいの男の子が四人入ってきて、店の中は急にうるさくなった。

「美人やったね」

男の子たちの声とキッチンの音に紛《まぎ》れるように、樹里がそう言った。

「うん。そら、おるやろなと思ってた。いてそうな顔してるもん」

わたしはカップに少し残っていたミルクティーを飲んで、四人の男の子たちを順番に見ながら答えた。入り口のすぐ脇に座った子は、右腕を骨折でもしてるのか肩から白い布で吊っていた。

つきあっている人がいるからといって、即あきらめないといけないわけではないし、正吉くんとさっきの彼女の関係がほんとうのところどうなのかもわからなかった。でも、彼女と正吉くんがいっしょにいる感じがとても自然だったのにすごく動揺していて、それから彼女を見た瞬間からわたしは五月に吉岡くんの家でその彼女に会ってしまったときのことが頭の中でいっぱいになって消えてくれなくて、とにかく早く今のこの気持ちが落ち着いてほしかった。

「そんなに、めっちゃ好きっていうわけでもないから」

男の子たちの話し声とエスプレッソマシーンの蒸気の音で自分のその声もよく聞こえなかった。樹里は、返事なのかよくわからない短い、うん、だけ言って、ケーキも食べると言って寺島さんを呼んだ。

十一月

パソコンの画面上の紙面と実際に紙に印刷したものはどうしてぴったり一致してくれへんのやろう、とプリンターから出てきた用紙を手にとってうんざりした気持ちになった。これで四枚も紙の無駄遣いをした。

「喜多川さん、眉間《みけん》にめっちゃしわ寄ってる」

うしろのパソコンで作業をしている桜井さんが、じっとわたしの顔を見ていた。わたしは印刷した紙を、桜井さんにぺらっと見せた。

「だって、これ全然合わないんですよ。写真が増えた分の文字を詰めたいんですけど、画面やったら入ってるのに、印刷したら半分消えてるでしょ？」

桜井さんは、わたしが見せた社内報の二ページ目を印刷した用紙とその元になっている画面を順にちらっと見た。

「うーん、それはどうしようもないわ。あんまりしわ寄せてたらほんまにそのままになるよ。若いからって油断したらあかんで」

それだけ言ってすぐ自分の作業に戻った。桜井さんも今日は忙しく、わたしよりもよっぽど難しい顔で朝からほとんど動かないで座っている。

「なんで画面でもその通り出てくれへんのやろ。太文字にした感じとかも、全然違うからいちいち印刷しないとわからへんし」

　きっと桜井さんは取り合わないとわかっていたもののぶつぶつ言っていると、そうやねー、とどうでもよさそうな返事を一応返して桜井さんはひたすらテンキーを打ち続けた。わたしはほとんど独り言で、パソコンに対して愚痴を続けて言ってみたけれど、経理部に行っていた西川さんが戻ってきて真うしろで電卓を叩き始めたので黙った。

　わたしが使っているパソコンは経営統括部にあるパソコンの中でいちばん古い。部署の中でわたしだけが受注や予算の仕事に関係なくてデータの容量が小さくてもいいからなのだけれど、その分作業速度が遅い。それに、家で使っているパソコンよりもかなり古い型なので、できるつもりのことがうまく進まないことが多くて忙しいときはいらいらする。だけど、このちまちましたレイアウトの作業は苛立つと余計にうまくいかないのはわかっているので、指を組んで前に伸ばして大きく息を吐いてから作業に戻ったら、今度は桜井さんが画面を見たまま、ぼそっと言った。

「さっき、山口課長が忙しいか聞いてきたから、見たらわかるでしょ、って冷たく言うといた。仕事頼んできそうな気配やった」

「ええー、ほんまですか？」

「たぶん。あの媚《こ》びた聞き方するときは、怪《あや》しいやん」

それから愚痴が始まって、先週も山口課長が社長に十年分の経営会議の資料をコピーするという面倒なことを頼まれてきて、それはもちろんわたしと桜井さんがやることになって丸一日他の仕事ができなかったときのことを言い合った。その間も、わたしの真うしろでは、西川さんが一人で背中を丸くして電卓を叩いていた。ほかの人がいるときはわたしも桜井さんも部長や課長の悪口を言ったりしないのに、西川さんはいつも黙って座っていて部長や課長とも用事以外はほぼ話さないので、なんとなく聞こえても構わない気がしてしまう。だからって大声で言わないで聞こえてるか聞こえてないかという程度で話してはいるけれど、西川さんの存在をあんまり意識していないのは確かで、ときどき西川さんが大きすぎるため息をついたときや電話が鳴ったときに、すぐ近くに座っていたことを思い出して、愚痴が聞こえていたかどうか気になる。

「ちょっとちょっと」

経理に精算をしに来た長田さんが、桜井さんのパソコンの横の仕切板の上から覗いた。

「なんかさあ、うちの部長と山口さんが明日の会議にプレスパックの今までの収支の資料出すとか相談してて、それをわたしらでやらされそうなんやけど」

伝票とお金の入った封筒を持った手を仕切にかけて長田さんがすでに疲れた調子で言うと、桜井さんはやっぱり、という顔をしてずっと動かしていた手を止めた。

「長田さんも忙しいやろ、今日。できませんって言うといてな」

「絶対出さなあかんもんでもないのに、たぶん社長がちらっと言うたのに反応して、やりますやりますって引き受けて来たみたい」

長田さんがもう一言二言文句を続けていると、営業のフロアへ続く廊下から山口課長が戻ってくるのが見えた。長田さんと桜井さんはその気配を察し、警戒した顔で振り返った。

「おいおい、なんや怖い顔してるなあ。そんな構えんといてえな」

縦にも横にも大きい体の山口課長は、精一杯遠慮を表そうと、上半身を縮めるようにして小さい歩幅でこっちに歩いてきた。桜井さんも長田さんも何も答えなかった。

「長田さん、聞いてたやろ？　プレスパックの発売からの収支。社長から言われてるねん。頼むわ。桜井さんにデータ出してもらって、ちょっちょっとまとめたらいいから」

山口課長は眉毛を下げて笑顔を作りながら手前のキャビネットを開け、三年分の受注票が入った分厚いファイルにもう手をかけていた。

「あのー、わたし今日ね、損益の締めなんですよ。忙しいって、わかってますよね。発売からって、十五年分ぐらいありますよね」

桜井さんは、語尾の「ね」と「よ」とに力を入れて、いちいち確認するように山口課長に言った。

「わかってる。わかってるって、そんなん。ほんま申し訳ない。でも、これも大事やねん。お願いします。ぼくも手伝うから。な、喜多川さんも長田さんも、協力して。頼んます」

　定番の手を合わせるポーズで、山口課長は頭を下げた。

「でも、あの、わたしも社内報の原稿今日中に仕上げないと、祝日あるからずれたら困るって、浜本部長に言われてるんですけど……」

　さすがに桜井さんや長田さんみたいには強く言えないので、多少遠慮気味に抗議してみた。四月や五月に比べればわたしもずいぶん言い返すようになったと思う。

「あー、それもわかってる。わかってます。社内報も手伝うやん。丸一日かかりっきりでもないやろ？　先輩を助けたってよ」

　桜井さんは山口課長の方を向いていて顔は見えなかったけれど、長田さんは、人のせいにするな、と言いたそうだった。三人で多少粘って文句を言ったものの、いくら言ってもよほど理不尽な仕事以外は結局やらなければいけないのはわかっているので、最終的にこれ以上言っても逆に疲れるという感じでわざと大きくため息をついて、はいはいと答えた。山口課長は、ありがとう、借りは返すから、とたぶん実行されないことを言い、大きな体を揺すって営業に戻っていった。

　長田さんと桜井さんが、文句を言いつつ作業の進め方を相談し始め、わたしはパソコンの画面に目を戻した。ページ全体を見るために縮小した画面は、文字は小さすぎて潰《つぶ》れているのになんとなく読めるのが不思議やなと今考えなくてもいいことを思って、ちらちらしてきた目を一度ぎゅっとつむった。

お昼ごはんを買うために、ビルの裏側の通用口から出ると、傘をさすかどうか迷うくらいの細かい雨が降っていた。空は灰色に曇っていて、これからまた雨が強くなりそうだった。傘を開いて歩き出すと、風が冷たくて身震《みぶる》いした。事務所の中は暖房が効いていて暖かいのでつい外の温度を忘れてしまう。このごろは雨が降るたびにだんだん寒くなるなあ、と思いながら、品揃えはよくないけどいちばん近い、酒屋さんがやっているコンビニエンスストアに行くことにした。

コンビニエンスストアのドアの前で傘立てに傘を差したとき、入れ違いに傘を抜いた人がいて、なんとなく顔を見上げると、向こうもこっちを見ていて、あっという表情をした。

「こんにちは。覚えてます？」

小早川慶介、という名刺にあった字の並びがぱっと思い浮かんだ。

「どうも、お久しぶりです」

わたしはちょっと頭を下げた。六月のわたしの誕生日に広告の営業に来た新入社員のけっこうかっこよかった人は、見覚えのある笑顔で、お元気ですか、と聞いた。返事をしかけると、携帯電話の着信音が鳴り、小早川さんは、ちょっとすいませんと言って傘を持っていないほうの手で電話に出た。

相手は営業先らしく、小早川さんは、お世話になってます、から始まって、会社の人たちが得意先に電話するときと同じ、商業用大阪弁とでも言えばいいのか、抑揚のついた言葉でこのあとの約束の確認をしていた。携帯電話を肩で挟み、傘を持ち替えて鞄から手帳を出す動作もつっかえたりしていなくて、スーツも六月のときとは違って着られている感じがなかった。小早川さんのうしろでドアが開いて、だぼだぼした服装の茶色い髪の男の子が二人出てきて、傘を差さないでそのまま雨に濡れて御堂筋のほうへ歩き出したのを、なんとなく気になって見送りつつ、わたしの制服も馴染んで見えるのかなと思っていた。

「すいません、どうも。お昼休みですか?」

振り返ると、小早川さんが傘を差し掛けてくれていた。格好もしゃべり方も会社員になっていたけれど、人当たりのいい笑顔は六月と変わっていなかった。

「お昼買いに。お仕事の途中ですか?」

「お客さん回ってるとこです。あれからまたエビス包装さんも行きたかったんですけど、担当が変わって」

行きたかったと言われると、単純に少しうれしかった。何回か、小早川さんの名刺を見てまた来ないかなと思ったことがあったけれど、忘れてしまっていた。

「そうなんですか。……仕事、慣れました?」

お昼休みの時間だからコンビニエンスストアに出入りする人が多く、雨も強くなってきたので、隣の店のテントの下へ入った。

「まあ、それなりにって感じかなあ。どうですか？」

「わたしも、そんな感じです」

仕事じゃないから余計に話すことがない。会話は、途切れたという印象だった。

「またうちに来る機会があったら営業しに来てください。お茶出します」

「そうですね。じゃあ、また」

互いに会釈して別れ、わたしはコンビニエンスストアに入った。すぐ左の雑誌の並んだ棚越しに外を見ると、小早川さんは急ぎ足で御堂筋のほうへ歩いていた。また、と言ったけれどそれはいつなんやろうと、グレーのスーツの肩に雨がかかって濃い色の点々になっているのを見ながら思った。六月にごはんを食べに行っていたら、と仮定の話をちょっと思い、それから、そういうのはタイミングを逃すともう次はないんや、とも思った。そう思うと、正吉くんに会わないようにしているとほんとうにもう会うことがないかもしれないという気もしたけれど、それと同時にこのあいだいっしょにいた女の人の顔が浮かんだので考えるのをやめて、あんまり選ぶ余地のないお弁当の棚を見渡した。

第三会議室のドアを開けると、八畳ほどの部屋の窓際でいつものように長机を向かい合わせにして、長田さんと水野さんと桜井さんがもうだいぶお弁当を食べていた。

「雨、めっちゃ降ってる？」

そう聞いた水野さんの向かいに座って、白いビニール袋から鮭《さけ》弁当を出した。

「そうでもないですよ。ぱらぱらっと」

「よかった。あとでお使い行かなあかんから」

水野さんは、小さくて赤い二段のお弁当箱の中身をもう半分以上食べていた。長田さんと桜井さんとわたしは、だいたい通勤途中かお昼休みになにか買って食べるのだけれど、水野さんは毎日お母さんが作ったお弁当を持参していた。会社に入って驚いたことの一つだけれど、二十人ほどいる本社の女子社員のうち、三分の一くらいが母親の手作りのお弁当を持ってきている。わたしの母親は朝が弱いし、中学高校のときでも弁当作りを面倒だとぐちぐちこぼしていたので、就職してからも作ってもらうなんて思いもよらなかったのだけれど、こうしてお弁当を娘に持たせる母親がたくさんいるのを知ると、それは一種の趣味みたいなものなのかな、とも思う。

「長田さん、今日はお弁当ですか？」

隣に座っている長田さんは、ミスタードーナツの景品のお弁当箱を持ってきていた。

「昨夜のおかずがようさん残ってたから、たまには持っていこかなーと思って。でもやっぱり、そんなんしてたら遅刻しかけた」

炊き合わせの蓮根をかじりながら長田さんは笑った。その向かいの桜井さんは、三日に一回は買ってくる地元のお気に入りのパン屋さんのサンドイッチを食べていた。

「あのね」

珍しくいちばん先に食べ終わった水野さんが言い出した。

「わたし、結婚式、四月になってん。それで、会社辞めるのは三月末で決めた」

お弁当箱を片づけながらの水野さんの声は少し緊張が混じっていて、顔も笑っているけれど困っているようにも見えた。一瞬、間があったような、でもそれをすぐに打ち消すような感じで、長田さんが言った。

「そうなんや。おめでとう、ゆうちゃん」

「そうかあ、四月か。よかったね」

まだサンドイッチの最後の一切れをかじっていた桜井さんも言った。そんな話があることはだいたい知ってはいたけれど、水野さんとはこのお昼の時間に話すだけなので詳しいことは知らなくて、わたしには唐突に思えた。

「四月の二番目の日曜日。あんまり人数呼ばれへんねんけど、あやちゃんは来てな」

水野さんはもう緊張した感じは消えていて、同期の長田さんにそう言った。

「うん、行くよ、絶対。沢田さんとかさっちゃんも来るの？」

長田さんが言った名前は、もう退職した同期の人で聞いたことがあった。

「呼ぼうと思ってる。みんなで会えるの久しぶりやね」

マグカップに入れたお茶を一口飲んだ水野さんは、とてもうれしそうだった。それから、水野さんと長田さんを中心に結婚式の話で一盛り上がりしたあとで、桜井さんが言った。

「水野さんがおらへんようになったら、淋《さび》しいなあ。総務が渋ーい感じになるやん」

総務にはもう一人女の人がいるけれど、勤続二十五年の用事以外は全くしゃべらない人で、あとの男の人はとても二十七には見えない頭頂部の髪の毛が足りなくて融通の利かない人と、五十代が二人だった。

「ほんまや。総務はゆうちゃんがおるから持ってたのに」

「そんなことないよ。いっつもフォローしてもらってるもん。わたしこそ、みんなに会われへんようになったら淋しいわ」

「富山やもんなあ。ちょっと遠いね」

長田さんがぽそっと言って、わたしも思い出して自分で確認するみたいに言った。

「そうか。富山行くんですよね」

水野さんのつきあっている人は富山の出身で、結婚したら今の勤め先を辞めて実家の商売を手伝うのだという話は、前に聞いた。

「遠いかなあ。やっぱり」

見ると、水野さんの目はもう赤くなって涙が溜まっている。

「ちょっと、ゆうちゃん、なに泣いてんのよ。早すぎるって」

長田さんが笑って水野さんの肩を叩いた。

「うん」

水野さんも、早速泣いている自分がおかしいみたいで、笑いながら頷いたけどまだ涙は引いていなかった。三つ年上の桜井さんはたぶんこういう場面に今まで何回か遭遇している余裕があって、水野さんの肩を揺すった。

「もうー、今から泣いてたら辞めるときどうするん」

「ねえ。まだ何か月もあるのに」

と言った長田さんの目も少々潤んでいて、わたしはまだまだ残っている鮭弁当を食べるタイミングがわからなくなりつつ、長田さんと水野さんが短大を卒業してこの会社に入ってから毎日こうやってお昼を食べていた五年間を思った。中学高校の三年、大学の四年を思い出して比べても、土日以外ほとんど毎日この会議室で、同期のほかの女の子が辞めたりわたしが入ってきたりはしたけれど、水野さんと長田さんはずっといっしょにお昼休みを過ごしていたのだから、何か月後かにはもうこの時間が終わってしまうと考えただけで淋しくて仕方がなくなるのも当たり前かもしれない。

「わたしも、ゆうちゃんが辞めたら同期はおらへんようになるやん」

と長田さんがもう泣く気配はなくなって言うと、桜井さんが、

「そんなん、わたしは三年前から一人やで。残りは残りで仲良くしよな」

と言ったので、水野さんもやっとすんなり笑った。それからしばらく、桜井さんの同期の二人が今はどうしてるのかという話になった。そんなふうに毎日同じ職場で過ごしたり連絡を取り合ったりする同期はいないわたしは、ちょっと羨ましい気もした。

窓の外には、しとしとと降る雨と一方通行の道路を挟んだ隣のビルの同じ階が見えた。机があってファイルが並ぶ、よく似ているようにも見えるけれど全然違うオフィスは、お昼休みだから人はいなくて明かりも消えていた。

経営統括部にわたしだけが座って社内報の原稿にイラストを切り貼りしていると、山口課長が営業のほうからふらふら戻ってきて、隣の席にどしんと座った。煙草の臭いがするので、喫煙コーナーでまた長話をしていたのかなと思っていると、山口課長が大きい体をぐっと押さえる感じでわたしの側に寄り、いつもと違って抑揚のない声で言った。

「あのな、これまだオフレコなんやけど、リストラあるわ」

わたしは、全然予想していないことを言われたので何をどう答えていいかわからなくて黙って山口課長の顔を見た。

「年末に、希望退職、五十人ぐらいいちゃうかって。また社内報で説明の記事とか作ってもらわなあかんと思うし、頭に入れといて」

山口課長の表情も言い方もとても事務的だった。普段はなんでも調子よく大げさに言うタイプの人なので、逆に重大なことを言っているように聞こえた。

「そうなんですか」

ほかに返す言葉が浮かばなかった。社内報で記事を書かなくてはいけないにしても、今の段階でどうしてわたしにだけ言うのかわからなかった。新入社員で会社にしがらみがまだあまりないからかとも思ったし、誰かに言ってみたくなっただけとも思えた。

「なんや、もっとびっくりするかと思ったのに」

わたしが驚かなかったと思ってつまらなさそうに、山口課長が大きい体を後ろにべたっと広げるようにしてもたれると、椅子はぎいぎい音を立てた。

「いや、じゅうぶんびっくりしてますけど。ええーとか、うそーとか、どれを言うたらいいかわからなくて」

それを聞くと山口課長は、ふふ、と鼻を鳴らす感じで笑って、まあちょっと覚えといて、と簡単なお使いでも頼むみたいな言い方をして立ち上がった。

「おれも、自分の将来考えなあかんかもなー」といつもの軽い調子で、でも小さい声で言ってから、内緒やでと念を押し、また営業のほうへ歩いていった。

三年前にも一度リストラがあって組織が再編されたのは知っているし、おととしと去年は新卒の採用もなく、業績が厳しいとかうちの会社も何があるかわかれへんとかいうことを、同僚の女の人たちや若い営業の男の人だけでなくて部長あたりの人もときどき言うのは聞いている。でも、わたしは会社というのをここしか知らなくて、世の中が全体的に景気が厳しいこともあって、うちもなにがあるかわからへんでとわざと悪い言い方をする習慣みたいなものもどこでもあるので、世間一般の基準でほんとうにどれぐらい危機的な状態なのかは判断がつかない。前に派遣で来た、高校で同じクラスだった高井さんにのんびりしすぎてると言われたこともあるので、客観的に見ても相当良くない状態なのかもしれない、というようなことを、カッターでイラストのコピーをちまちま切り抜きながら考えていると、桜井さんと長田さんが大きいファイルを三冊ずつ抱えて戻ってきた。

「どない？　進んでる？」

机にどさっとファイルを下ろした桜井さんが、わたしの手元を覗いて聞いた。わたしは一時間ぐらいしたらなんとかなりそうと答えた。その間に、経理の部長と長時間話し込んでいた西川さんが戻ってきて、左にノートパソコン右に電卓の定位置につくとなにかの計算をし始めた。毎日会社にいる間じゅう、西川さんはほぼ計算ばっかりしているのだけれど、会社にはそんなに計算することがあるのかと感心する。

「うわっ、平成三年度って手書きですよ。めっちゃわかりにくいー」

いちばん古いファイルをめくっていた長田さんが、すでに疲れた声で言った。

「ほんまや。あー、四年もや」

ほとんど怒りに満ちた声を上げた桜井さんの横からファイルを覗くと、コピーを繰り返して文字がかすれ気味で構成もわかりにくい表だった。会社に入ってから今までに見た書類はほぼ全部ワープロで作られていたので、手書きの数字が並んだその紙は、実際の年数よりももっと古いように感じた。

「この縦にめっちゃ尖《とが》ってる字って、佐伯《さえき》常務ちゃいます？　ほら、やっぱり」

長田さんがいちばん下に押してある日付印を読み取って桜井さんに見せた。

「ほんまや。懐かしい。もう亡くなって五年やもんな。って、そんなん言うてる場合じゃないわ。とりあえずこれとこれは長田さんが数字拾って」

桜井さんはノートパソコンで表を作り始め、長田さんはその読みにくい数字に鉛筆でチェックを入れ始めた。わたしはイラストを全部貼り終えて原稿を全部並べて眺めた。なにかが完成するのは、やっぱりうれしいし、充実感と言えるものもある。いつもだったら、ここでひと休みして片づけたりお茶を飲んだりするのだけれど、今日はそういうわけにはいかないなと思いながら、原稿をコピーして確認に回すことになっている総務部長のところに持って行ったら総務部長はいなくて、机の上に山積みになっている伝票にひたすらパンチで穴を開けていた水野さんに渡した。

「部長、社長室入ってるけどすぐ戻ってくると思うから渡しとく。次は浜本部長に返したらいいんやんね」

にっこり笑った水野さんの顔を、結婚するんやなー、と身近な人が結婚するのは初めてなので感心しながら見て、総務部を見渡すと、隣の席では勤続二十五年の柏木《かしわぎ》さんが一定のリズムで書類をめくって黙々と日付印を押し、向かいの席で総務課長は工場の人に電話で小言を言っていて、課長と背中合わせで壁際のパソコンにかじりついている二十代には見えない福原さんは首のうしろをがりがり掻いていた。確かに水野さんがいなくなると総務に明るさがなくなりそう、リストラするぐらいだから代わりの人も採らないやろうし、と考えながら戻りかけると、工場へ行っていた浜本部長が帰ってきたところにちょうど出会った。

「部長、あとで社内報の確認お願いします」

声をかけると、普段からあまりにこにこしたりしない浜本部長は、さらに厳しい顔に見え、ああ、とだけ答えてさっさと自分の席に戻った。さっき山口課長に聞いた話もあるしなんか暗い雰囲気が漂ってきたと思いつつ、長田さんと桜井さんがもうしゃべらずに真剣な顔で作業している経営統括部に戻った。

「喜多川さん、これやり直してくれるか。今すぐ」

荷物を置いた浜本部長が、昨日頼まれてわたしが作った書類を差し出した。東京支社に送る五枚ほどの手紙で、文字だけなら浜本部長もワープロできるのだけれど、表がいくつか入ったりするとわたしに頼む。渡された書類をめくると、赤字で訂正がびっしり書いてあり、半分以上やり直さないといけなかった。

「あの、わたし社内報も今日中だし、この営業の資料整理も手伝わないといけないんですけど」

ワープロするのを頼まれるのは当然の仕事だけど、浜本部長は考えがまとまらないうちにわたしに持ってきてあとから何回もやり直すので、忙しいときには困る。

「こっちが先で頼むわ。一時間後にはファックスするから」

浜本部長は余裕がなさそうで、机に置いた書類を掌でばんばんと叩くと、さっさと社長室へ早足で向かった。

「浜本部長、細かいことごちょごちょ直すから困るやろ。どっちでもいっしょちゃうん、って言いたなるやんな」

浜本部長の元部下だった長田さんは状況がよくわかってるみたいだった。わたしはあきらめてパソコンの前に席を移した。

「それにしても、今日、ようさん社長室に出入りしてない？　ほら、工場長も来てたし」

長田さんは声を落とし、目で社長室のほうを指した。社長室からは経理部長が出てきた。

「……また、リストラあるって噂《うわさ》やで」

マウスを動かす手を止めないで桜井さんがぼそっと言った。

「やっぱり？　わたしも聞いた。今度は何人なんやろ」

長田さんはまだ社長室のほうをちらちら見ていた。山口課長は内緒だと言ったけど、みんなとっくに知っているみたいで、少し拍子抜けした。

「さっき、山口課長も言うてました」

「そうなんや。希望退職？　また五十代以上かな。リストラって言うても、指名解雇せえへんねんから、辞めてほしくない人が辞めたら困るわ。だって、やっぱり次に行く当てがある人が辞めんねんもん。だれでも対象にしてくれたら、わたしも考えるのに」

いちばん離れた席だけれど西川さんがいるので、長田さんは小さい声で言った。

「長田さん、辞めたいの？」

桜井さんはパソコンの画面から顔を上げてわたしと長田さんを交互に見ながら聞いた。

「全然。ただ、希望退職って、いいきっかけというかすんなり辞めれそうやし、退職金割り増しとかあるじゃないですか」

「ああ、でも、わたしらの退職金なんか知れてるで。すっきり辞めるんやったら、やっぱり結婚やで」

「そこまでするつもりはないですよ。今の仕事に、まあ、細々した愚痴はあっても、不満らしい不満ないですもん。わたしは。でも、なんていうか、順調すぎるっていうか、ほっといたらずっとこの生活が続くやろうから、それはどうなんかなー、とは思う」

「それは、うちの会社の女子はみんな考えるんちゃう？　偉くもなられへんし給料も増えへんし、特に技術とか資格とかもないもんね。あ、まだ一年目の人にこんな話聞かせたら仕事いやになるやんな」

桜井さんはごめんごめんと笑った。

「いえ、だいたいわかります。……会社って大変ですよね」

忙しいときに理不尽なことを頼まれて嫌だと思うくらいで、今まで会社で苦労するようなことはなかったけれど、それはわたしがまだ会社の仕事をわかってないからなのかな、と思った。少し明るくなった気がして外を見ると雨が止んで、くっきりと冷たそうな空を鳩《はと》の群れが飛んでいた。

浜本部長の書類の修正も社内報の原稿確認も終わったところで、昼から一回も行っていないことにふと気がついてトイレに行った。手を洗って鏡で眉毛が半分消えかかっていることに気がついて慌てて直していると、制服のポケットに入れっぱなしになっていた携帯電話が振動した。篤志からのメールで、一月に久しぶりにイベントをするからかっこいいフライヤーを作ってほしいということと、篤志の彼女が今度いっしょにごはんに行こうと言っていると書いてあった。樹里にも同時にメールを送ったらしく、篤志のメールに返事を書く途中で樹里からメールが来た。樹里とのデザインユニットはこの三か月ほどなにもしていなくてこのまま自然になくなってしまいそうとも思っていたけれど、樹里は篤志の依頼でまたちょっとやる気が出たみたいだった。樹里にかっこいいのを作ろうかという返事を打って鏡を見ると、ちょうど総務の柏木さんが欠伸をして入ってきて鏡越しに目が合い、柏木さんの照れ笑いを初めて見た。

社内報の原稿を片岡さんのところに持っていって戻ると、終業のチャイムがフロアに鳴り響いた。

「お願いします。全部揃えてコピーするとこまでやってよ」

経営統括部では、山口課長がまた桜井さんに頭を下げていた。長田さんは営業に戻ったみたいでいなかった。

「あっ、喜多川さんも頼むわ。あとでサービス部からも資料来るから、それといっしょに五十部コピー。もちろん残業つけていいから」

桜井さんとわたしはひとしきり文句を言ったけれど、定時に帰れなそうなことはとっくにわかっていた。残業なんか何か月ぶりやろ、と、ほとんど毎日残業で今日も全員残って黙々と仕事をしている経理部を伸びをしながら見渡して、桜井さんにお茶でも入れましょうか、と聞いた。窓の外は完全に日が暮れて夜景になっていて、大きなガラス窓にはわたしたちの仕事場がテレビの画面みたいに映っていた。ついこのあいだまでは、この時間はまだ明るかったのに、もうそんな季節なんや、と思った。会社が終わる時間に外が暗いと、もう一日が終わったみたいで悲しい。

十二月

慣れてきたのと寒くなってきたせいでじわじわと朝起きるのが遅くなり、今朝も乗るべき電車より二本遅れになって、駅から走ってきた。走ってやっと予鈴がなる何十秒か前で、いちばん後輩なのに、すでにだいたいの人は出て行ったあとの更衣室に飛び込んだ。毎朝同じような時間に顔を合わせる野沢さんと経理の鈴本《すずもと》さんだけが今日もいて、着替えるのは早いからなんとか二人といっしょに本鈴の二分前に更衣室を出た。

「時計、そろそろ合わせるから、明日から早くおいでや」

走っていると思われない程度の早足で経営統括部に着くと、桜井さんにこっそりそう言われた。チャイムと連動した時計は少しずつ遅れる癖があるようで、正しい時刻なら今日のわたしは遅刻だった。

「なんで寒くなると起きられへんようになるんでしょうね」

言い訳がましく言いながら机を見ると、袋綴じの給与明細が置いてあった。いつもは青色なのに緑色をしていて、よく見ると真ん中の「給与」の文字が「賞与」になっていた。隣では山口課長と斎藤《さいとう》さんが金額を教え合って、ぶつぶつ言っている。

「ほんま、予定狂うわ。ＤＶＤもなんも買われへんな」

「それどころか、うちローンがやばいっすよ。ボーナス払い多くせんといたらよかった」

希望退職の募集をするくらいなので、当然賞与も少なく、役職によって十から二十パーセントカットというのは聞いていた。

「あーあ。入社したころに比べたら半分ぐらいかも」

机に両肘をついて、桜井さんは右下の支給額総計の欄を見つめていた。わたしも開けてみようかなと明細書の縁のミシン目を折り返したところで本鈴が鳴り響いた。

「喜多川さん、なんぼなん？　初ボーナスやのに、いきなりカットでショックやな」

斎藤さんの頭越しに山口課長がにやにやした顔で言った。

「まだ開けてないです。カットって言われても、前がないから比べられないですよ」

夏の賞与のときは、新入社員はまだもらえなかったから、わたしは今日初めて賞与というものをもらったことになる。会社は、チャイムが鳴るのは学校といっしょだけれど、それを境にきっちり全員の仕事が始まったり終わったりしなくて、だんだんと勤務中の雰囲気になっていくところは、学校よりもいいと思う。

「最初のボーナスがこんなやったら、これからあんまり楽しみになれへんのんちゃう？」

桜井さんがそう言うのを聞きながら、ミシン目を折り直して端をちぎり、明細書を開けた。最初に給与明細をもらったときは周りに人がいるところで開けるなんてできなかったのにな、とふと思った。

「わ。めっちゃ多いやないですか」

　確かに、就職するときの採用条件には、賞与は給与の何か月分、というのがどこの会社でも書いてあったけれど、あんまり実感がなく、実際に月給よりも随分多い額を目にすると、そんなにもらっていいのかと思うくらいだった。

「喜多川さんは謙虚《けんきょ》でええなあ。桜井さんも見習わな」

　山口課長が話に割り込んできた。謙虚とかそういうことでなくて、ただ単にこんな金額をもらったことが今までにないだけなんやけど、というのをどういう言い方をすればいいのかなと迷っていると、先に桜井さんが答えた。

「そら、二十三の新入社員がわたしと同じこと言うてたら怖いでしょ。……次は十パーセントじゃなくてもうないんちゃいますか？」

「うわっ、怖いこと言わんといてえや。そうなったらおれ、家売らなあかんやん」

　桜井さんはもっといろいろ言いたいことがありそうやなと思って、台本通りのようなそのやりとりを聞きながら、わたしはもう一度明細に目を通して引き出しに片づけた。三十一万円。なにを買おうかと考えるだけでうきうきした。

　ノートパソコンの画面の角度を垂直にして、周りから見えにくいように積み重なったファイルの山を左側に置いた。浜本部長はまた社長室に入っていったし、山口課長は喫煙コーナーに行った。パソコンと電卓しか見ていない西川さん以外の男の人は外出したし、今のうちだと思って、こっそり更衣室からデジタルカメラを取ってきた。

昨夜のうちに、篤志のイベントのフライヤーに使う素材の写真を樹里に送るつもりだったのだけれど、デジタルカメラを社内報用の写真を撮るのに会社に持ってきて置きっぱなしだった。会社が終わってから樹里と会う予定だから、それまでに写真を選んで簡単なサンプルをいくつか作っておきたかった。

「喜多川さん、昨日やりかけてた契約書、あとで出してくれへん？　すぐじゃなくていいから」

急いで写真の加工ソフトを開いているところに突然桜井さんから声をかけられて、過剰に反応してしまった。桜井さんが不思議そうな顔をした。

「あ、はい、ちょっと、あとでやります」

わたしはパソコンの角度を少しずらした。仕事以外のことをやっているのがわかってしまっても、桜井さんには怒られたりしないとは思うけれど、今日は暇な日でもないしやっぱり気が引けた。「会社のパソコンを私用に使わないように」と、自分で社内報にも書いたばかりだった。

メモリーカードのデータを開くと、花や空を撮った色鮮やかな写真がぱっと画面いっぱいに並んだ。わたしの席の後ろは衝立で、その裏の監査役室前の通路はほとんど誰も通らないけれど、人が来ると衝立越しに画面が見えてしまうのでさっさと写真を選別しないとと思って、マウスをがちがち押していたら、もともと性能のよくない上にこの間から何度もフリーズしている旧型のパソコンは、悪い予感が当たって動かなくなってしまった。よりによって、画面いっぱいに表示されたのは篤志のライブの打ち上げで相当に酔っぱらったみんなでテーブルの上に無理に立って撮った記念写真で、遠目に見ても仕事とは全く関係がないのはまるわかりだった。

慌てて、こういうときにする基本的な操作は全部やってみたのだけれど、全くなんの反応もない。もともと、パソコンの作業がそんなに得意というわけでもなく、樹里とのデザインの作業もなるべく簡単なやり方で通していて、会社でパソコンに不都合が出たときは斎藤さんか総務の人に頼むのだけれど、こんな写真で画面が停止していては、人に見せることもできない。周りを窺いつつ、何度かキーを押したりマウスを動かしたりしてみたけれど、回路が動く音も全然しなかった。

電源ボタンを押し続けるとやっとのことで画面が黒くなり、もう一度電源を入れるとすんなり動き出す音がしたので、一瞬元に戻ったのかと思うと、現れた画面は今までに見たことがない、読めない記号が数行だけ並んでいるものだった。

「あのー、桜井さん、すいません」

恐る恐る桜井さんを見た。桜井さんは、またいつものことかという表情で立ち上がってこっちにまわってきたけれど、画面を見て明らかに驚いた。

「なにこれ」

桜井さんはわたしからマウスを奪ってかちかち押し、それからいくつかのキーを操作した。そのうちに、画面よりも一回り小さい白い枠に切り替わってすぐ暗転し、そこでまた動かなくなった。

「なにしたん？」

桜井さんの問いに曖昧に答えながら、わたしは差したままのメモリーカードをいつ抜こうかということばかり考えていた。


山口課長が戻ってきて、総務の福原さんを呼びに行き、システム課の人も覗きに来た。だけど結局どうにもならなかった。なんとかパソコンとしての機能は戻るようだったけれど、ハードディスクのデータはほぼ回復不能だとシステムの人に言われて、わたしは会社に入って初めて泣きたい気持ちになった。昨日一日かかって作った契約書も消えたし、それよりも、この一週間桜井さんに手伝ってもらいながら作業をしていた会議の資料の統計が、明後日の朝までに仕上げないといけないのに、全部消えてしまって、どう考えても期限までにやり直せそうになかった。それから、前任者の人が作っておいてくれたいろんな書類の雛形《ひながた》も、たぶんだめになった。それ以外はバックアップをとっていたり、他のところに保存していたりでなんとか使えそうだったけれど、よりによってだいじなものばかり消えてしまった。

自分の机の周りを、四人の男の人が囲んでパソコンをがちゃがちゃ触りながら、あかんあかんと言っているのを、桜井さんの横に座ってただ見ていた。

「かなり見事にやってくれてるなー」

長田さんあたりがよく愚痴を言っている、システム課のたぶん三十代だけど四十を大幅に過ぎて見える杉田《すぎた》さんが、嫌味な言い方でさっきから何度も同じことを繰り返している。だけど、実際、わたしのせいだから、この事態をどうやって収拾《しゅうしゅう》したらいいのかと焦る気持ちが大きくなるばっかりだった。

「いつもと違うことしとったんちゃうんか？」

山口課長がわたしのほうに寄って、にやにやした目はしていたけれど普段よりはきつい言い方をした。

「そんなことは、ないです」

強くは言い返せないけれど、素直に私用に使ってましたと言えるわけもなく、申し訳ないと思いながら、杉田さんたちの復旧作業を見ていた。差したままのメモリーカードは見つかったけれど、社内報の仕事にも使っていたので、なにも言われなかった。

一時間近くたってようやくパソコンが機能して、福原さんと杉田さんが帰ったのと入れ違いに浜本部長が社長室から戻ってきた。一見して、社長室でもそんなに楽しい話はしていなかったと思われる顔つきだったので、結果を予想してとても重い気持ちで、明後日の会議資料が全部消えたのでこれからやり直します、と告げると、今までに見たことがない勢いで怒りだした。

「なにやってるんや。だいたいもう昨日にはできあがってていいはずやないか。あれぐらい、えらい時間かかってると思ったら今度は消えましたって、今からやり直したらできるんか？　どうするつもりや」

どうしようもないので、すいませんと言うのが精一杯で、他の部署にも響くような声に硬直していると、山口課長が割って入った。

「あー、ちゃいますねん、部長。あのパソコン、こないだから何回も壊れてて。もう寿命や言うてんのに、予算が下りへんもんやから。だいたいシステムがこないだうちに来るパソコン横取りしてもうて、ほら、先月稟議回したでしょ。それを総務が……」

のらりくらりしたしゃべりかたで、山口課長はいろんなところへ責任転嫁《てんか》し始め、浜本部長は勢いをそがれてしまった。振り返ると桜井さんと目が合って、その口が小さく「助かったね」と動いたのがわかった。

「すいません、ほんまに」

並んでひたすらパソコンのキーボードを叩いている山口課長に、わたしはまた謝った。

「ええって、別に」

山口課長はめんどくさそうにそう言って、周りを見回して浜本部長も桜井さんもいないのを確認してから声を落とした。

「部長、怒り出したらしつこいんや。ねちねちした感じで、おれ、苦手なんや。ああいうときは、早めに収めとかんと。まあ、借りは今度返してーや」

わたしがまたすいませんと繰り返したら、なんでもええから早よやって、と言われたので、手元の表を見ながら数字を打ち込んだ。山口課長は助け船を出してくれた上に、資料を作るのまで手伝ってくれているのだけれど、わたしが別のことにパソコンを使っていたせいで壊れたというのはわかっていないと思う。

「まあでも、バックアップぐらいは必ずとっとかなあかんで。パソコンなんか、ほんまに当てにならへんねんから」

また「すいません」と言ってしまうと、山口課長は笑い、ちょっと一服してくるわ、と席を立った。時計を見るともうすぐお昼で、今日はお昼休みは返上でやらないと、と思って大きく息をついたら、斜め前の西川さんが珍しくパソコンから顔を上げてこっちを見ていた。

「あんた、仕事中にいらんことしてたらあかんのやで」

明瞭な声でそう言って、西川さんが腰を叩きながら立ち上がると同時に、お昼休みを告げるチャイムが鳴った。

総務で水野さんが、どこかからかかってきた電話に丁寧に答えているのが聞こえてくる。わたしは、昨日まで作っていた資料を思い出しながら、マウスを操作して表を作って数字を打ち込むという作業をひたすらやっていた。フロアの蛍光灯は消されていたけれど、今日は天気がいいので明るくて、逆にいつもこういう柔らかい明るさのほうが和《なご》んで仕事ができるかも知れないと思うくらいだった。でも、今はそんな気分ではなくて、実際にこの作業を延々とやらないといけなくて明日も残業になりそうなことも、浜本部長に怒られたのも山口課長にかばわれたのも西川さんにおそらく今までもしっかり行動を見られていたのがわかったことも、全部が気持ちを重くした。

「はい、それでは明日お待ちしておりますので、よろしくお願いいたします」

人がいなくなって静かなフロアには、水野さんの柔らかい声でもよく響いた。電話を切ったと思ったら宅配便の人が来て声をかけ、水野さんの足音がばたばた聞こえた。

パソコンに、社内ネットワークでメールが来ているアイコンが出ているのに気がついた。送信元は同期で東京支社の川下さんで、そういえば川下さんとは一か月くらい電話でも話す機会がなかったしメールも来ていなかったと思いながら開くと、退社の挨拶だった。

二時から桜井さん以外の経営統括部の人は会議室に入った。「経営統括部の月例会議」なのに、よほど用事があるとき以外は桜井さんとわたしは呼ばれない。会議に出てなにか提案をしたいということもないし、退屈だと思うのでべつに呼ばれなくてもいいのだけれど、女子社員を数に入れないことを特に不自然だとも思っていないような会社だから、川下さんも辞めるんやわ、もう二十一世紀になって何年も経つのに、とそんなに連絡はとっていなかったけれど唯一の同性の同期だった川下さんが辞めることでやっぱり落ち込んでいるわたしは、その気持ちを会社のおっちゃんたちに向けていた。

「さっき、川下さんからメールが来てて」

自分の仕事に余裕ができたのでわたしの右側の机に移動してきて作業を手伝ってくれている桜井さんに、川下さんのことを言った。お昼休みが終わってからずっと言いたかったのだけれど、他の人がしっかり座っていて言いにくかった。

「わたしにも来てた。……辞めるんやってね」

桜井さんは画面を見たまま、でも手は止めて言った。

「そうなんですよ。でも、そらそうですよね、あそこの部長も女の子はよう扱わんとかこないだ来たときまだ言うてたぐらいやし、東京の一般職の子らとの兼ね合いも困ってたし。唯一の女子の同期やったのに……。希望退職で内田さんとか谷川所長とかも辞めるみたいやし、西川さんも定年やし、人が減って仕事増えそうやって長田さんも言うてはったから」

「喜多川さん」

勢いづいて不平を並べていると、桜井さんが遮ってわたしの名前を言った。ぽそっと動きの止まったなんにも考えていない顔で反射的に桜井さんを見ると、桜井さんはなるべく感情を表さないように気をつけているみたいなぎこちない表情をしていた。

「わたし、辞めようかなと思ってる」

低くてはっきりしたその言葉を聞いた瞬間に、さっと体の血がひいたような感覚が、大げさな反応だと自分でも思ったけれど確かにあって、それで桜井さんのやっている仕事はあとどうなるのかとかこの部署に桜井さんがいないと話す相手がいないとかお弁当も長田さんと二人になるとか、一瞬の間にいくつもの困ったことが頭を流れた。

「思ってるじゃなくて、辞める」

桜井さんが、自分の言葉を修正した。

「喜多川さんには、たぶん迷惑かけると思うから先に言うとかないとと思って。まだ部長にも誰にも言うてない。だから希望が通るかわからへんけど、できたら三月末で辞めるわ」

こういうときに曖昧な言い方をしないようにするところが、桜井さんの好きなところだと再確認している部分が心の一方にあり、だけど大部分は桜井さんが辞めて困ること、具体的に仕事のことも気持ちの上でのこともたくさんあって、それがいっぺんに押し寄せてきた状態になって、桜井さんの話にただ頷いていた。

「今の状態やったら採用はないし他も余裕がないから、よくて派遣で来るか、もしかしたら喜多川さんがかなりのことやらなあかんかもしれへんねん」

「そうですね」

桜井さんは思案している顔で手元のパソコンと数字の並んだ紙を順番に見た。それから、自分がやっている仕事と辞めてからの見通しをかいつまんで説明した。わたしはそれをひとつひとつ、「はい」と返しながら聞いていたけれど、あまり頭には入っていなかった。声の大きい経理部長が、電話で誰かに数字が違うと文句を言っているのがやたらに聞こえてきて、桜井さんの言うことを理解するのをじゃました。

一通り説明し終わると、桜井さんは、わたしの事情で迷惑かけてごめんね、と言って作業に戻った。わたしは、いえ、と答えていったんパソコンに向かってから、聞き忘れていたことを聞いた。

「辞めてどうしはるんですか？」

「友だちが会社始めるねん。それ手伝う」

桜井さんはそれ以上詳しいことを言わなかった。会議室のほうから、浜本部長を先頭に経営統括部の他の人たちがじょろじょろ出てきた。なにかおもしろいことを言って会議が終わったのか、笑いが残っている顔で山口課長と斎藤さんが耳打ちし合っていた。

四時過ぎなのにもう外は暗くなりかかっていて、日が暮れたからってできなくなることも特に思いつかないのになんでこんなに気分が違うんやろ、と思いながらトイレに入ると、経理の鈴本さんが洗面台の大きな鏡をぎりぎりまで顔を近づけて覗き込んでいた。

「おつかれさまっ」

わたしに気がつくと、まだ終業までは一時間以上あるのに、鈴本さんはにやにやしてうれしそうな声でそう言って、手に持っていたマスカラで右目の睫毛《まつげ》をなぞってまた鏡の中の自分の目をじっと見た。口元がうずうずしている感じで笑っていた。

「お疲れさまです。……どっか行きはるんですか？」

鈴本さんは、マスカラのブラシに液を付け直し、今度は左の睫毛に重ね始めた。すでにどちらの睫毛にも十分マスカラは付いていた。

「うーん？　わたし？　今日はデート」

ふふっ、と語尾が笑った。あんまりにも素直な感じだったので、そうなんですかと答えつつわたしの顔も弛んでしまった。四つ年上の鈴本さんは、経理で黙々と仕事をしているときもどこか抜けた雰囲気というか、ちょっとずれた受け答えのときがあってかわいらしく思えるときがあったのだけれど、ここまでぐにゃっとした様子なのはさすがにおもしろかった。

「てっちり、おごってくれるねんて」

また終わりは、ふふふ、という笑い声に移った。水ががーっと流れる音がして、続いてわざと乱暴に開けたようなドアの音が響いていちばん奥の個室から野沢さんが出てきた。

「もうー、あほな先輩やろ。勘弁したってな。……りっちゃん、何分マスカラ塗ってんのよ」

「おかしい？」

野沢さんは手を洗いながら鏡越しに鈴本さんの顔を観察し、おかしいと言えばおかしい、と答えた。


やっと着いたところなのに、大丸百貨店には閉店のアナウンスと音楽が流れ始めていた。七時半を過ぎても残っていたら、山口課長が、

「あんたが帰らんと帰りにくいわ」

と言って、帰らせてくれた。樹里にメールを送ったら、会社の下まで迎えに来てくれた。

「どう思う？　歩きにくそうじゃない、これ」

さっきから何度も脱いだり履いたりしている、ワイン色のハラコでプレーントゥのヒールが七センチくらいの靴をまた両足履いて鏡の前に立って二三歩行ったり来たりした。

「ちょっと高めやけど、慣れたらいけそう。おしゃれは忍耐やって、気合い」

樹里はうしろの棚のもっと高くて細いヒールのロングブーツを眺めながら答えた。

閉店間際なのに、店内にいつもよりたくさん人がいるのは、ボーナスが出た会社が多

い金曜の夜で十二月だからで、クリスマスをアピールして飾りたてられた、指輪のショーケースを覗いているカップルが向こうに見える。腕を組んでというよりは、女の人のほうが摑んで引っ張っている感じだった。

「そうかなあ。大丈夫かなあ。あんまり高いのん履けへんからなあ」

値段も少し高めだった。わたしはまだ迷って、前後に体重をかけてみて、それから鏡に映ったうしろ姿を再び確認した。この靴は二週間前に見つけて、その後二日に一回は見に来ている。

「ボーナスも出たんやし、この土日で売れてまうかもわからんで」

樹里はわたしの足下にしゃがみ込み、そう言ってハラコの毛並みを撫でた。鏡の後ろ側でブーツを試し履きしていた背の高いおねえさんが、笑顔の店員さんにクレジットカードを渡しているのが見えた。

「買う。買うわ。今日は買う」

わたしはワインレッドの靴を脱いで、このあと予定があるのか腕時計を見ていた店員さんを呼んだ。


もういくつかの出入り口のシャッターは下ろされていて、店員さんがずらっと並んだ御堂筋側の玄関から出た。そんな時間でも、化粧品のカウンターに座ってゆったりと新製品を試していた服もバッグも高そうなおばさんがいて、ようさん買うねんやろな、と樹里が耳打ちした。

「ええなあ、ボーナスって」

ちょうど晩ごはんの時間なのでさすがに人が多い御堂筋は、あっちにもこっちにも白や青のイルミネーションが光っていた。まだ開いている洋服屋さんがある難波《なんば》へ歩きながら、樹里が言った。わたしが提げた大丸の紙袋を見ていた。

「確かに。そんなにいっぱいもらえるとは思ってなかった」

歩道に停められた自転車をよけつつ、わたしは買ったばっかりの靴の重さがうれしくて、昼間にあったいろんなこともそんなに生々しく思い出さないでいられた。

「うちの親って自営業やろ。だから、ボーナスの話なんかあんまり聞かへんかったし、テレビとかで言うてても、官庁とかええとこの会社とか、そういう遠いとこの話に思えてた」

周防町《すおうまち》の交差点のところで信号が赤になり、向こう側のビルの三階の角はガラス張りで、ビームスのちょっと高い商品のフロアの靴やバッグが並んでいるのが見えたけれど、もう閉まっていた。

「うちは公務員やから結構大騒ぎしてた気もするけど、そんなに詳しく、金額とか知らんかったし。やっぱり実際自分がもらうと、びっくりする。これでも昔に比べたら少ないって前はどんだけもろてたんやろ」

ニット帽に革ジャンの女の子が近づいてきて、Ａ５サイズの結構な厚みの冊子をこっちに突き出してきたけれど、風俗の求人情報だとわかっているので近いほうにいた樹里が肘で押し返した。

「そういうのあるから、みんな会社に入りたいんかな？　高校のとき熱心にＯＬになりたいって言うてる子がおって、なんでやろって思っててんけど。いろいろ特典あるもんね。保険とかも安いし、カードでもなんでもすぐ作れるし」

　靴の代金は就職してすぐ作ったクレジットカードで払った。カードを使うのももう緊張しなくなっていた。

「そうやなあ。ほんま世間知らずやったわ。そんなこと、みんないつ誰に教えてもらうんやろ。実際働いてみたらお得やなって思うことは多いわ。仕事もそんなに大変じゃないし」

　そう言いながら、年明けに人数が減ってそれから桜井さんが辞めたらそれなりに大変になるかもしれないなと思った。樹里は、向こうから歩いてきた白いファーのコートやピンヒールのロングブーツにミニスカートのとっても派手な女の子三人を、ぼやっと目で追っていた。

「休みもわたしより多いもんなあ。っていうても、わたしはたぶん無理と思うけど、春子の話聞いてたら」

「あー、樹里はまずおっちゃんに切れるな。我《わ》がのことは我がでせえ、って」

　わたしが、学校で先生にしょうもないことを頼まれたときやなんでも人にやってもらおうとする子に呆れたときなんかに樹里がよく言っていた台詞《せりふ》を真似《まね》して言うと、樹里は笑って、そうそう、と言った。

「今の仕事のほうがおもしろいと思うし。入ってきた洋服の組み合わせ考えたりとか、勧めた服が売れたときとか、まあ普通のことなんやけど」

樹里は今日も自分のお店の服を着ていた。深い紫色のロングコートが、背の高い樹里には似合っていた。

「春子には向いてるんちゃう？　会社の仕事」

「え？　そう？」

考えたことのなかったことを言われて、わたしはぱっと樹里の顔を見た。

「うん。きっちりしてるというか、作品作るときとかでもさ、発想も必要やけど実際は材料揃えたり段取り考えたり、そういうのもだいじやんか？　春子はそういうのがちゃんとできるし、仕分けして効率よく進めるとか、あとわかりやすく人に説明するとか、そういう感じ、わかる？」

樹里は具体的なようで限定的ではないことを言って、何を表しているのかはっきりわからないけれど、空中に手で四角を描いたり塊《かたまり》を横に移動させたりしていた。

「たしかに、事務作業は苦じゃないで。コピーして資料揃えるのとかも早くきっちりできたらうれしいし、初めて知ったこともいっぱいあるし。でもなんていうか、やっぱりやりたいって思って就いた仕事じゃないからなんかもしらんけど、こんなんでいいんかなって思うねん。うまくできへんこともいっぱいあるし」

銀杏並木の向こうに見える御堂筋の西側はガラス張りのオフィスビルがだいたい同じ高さで並んでいて、一つのビルに二つのフロアぐらいの割合でまだ白く灯りが光っていた。

「そら、わたしもできへんことだらけやで。親にはいまだに、大学まで出て服屋の売り子かって言われるし。でも、最近思うねんけど、よく、好きなことを仕事にできたらいいっていうけど、好きなことを続けるには、やりかたっていうか……、あ、篤志や」

樹里は、真新しい黒いスウェードのショルダーバッグからぶるぶる振動している携帯電話を取り出した。

「もしもし？　え、まだ？　ほんなら何時？」

聞こえにくいのか怒鳴《どな》ってるみたいな樹里の大声を聞き流しながら、わたしはまた会社であったことをごちゃごちゃに思い出していた。明日の朝は早く行って、作業の続きをしよう。

「篤志、十時ぐらいになるって。そういや、なんか奈良に行って宮大工《みやだいく》になるとか言うてたで」

樹里が電話をしまいながら、特に抑揚もつけないで言った。

「なにそれ」

「神社とかの大工さん。えみちゃんの実家が奈良で宮大工しててんねんて。そこに弟子《でし》入りするらしいわ」

樹里はポケットからリップクリームを出して唇《くちびる》をなぞった。少しだけ強くて冷たい風が吹いて、わたしはコートの前をぎゅっと合わせた。

「篤志は年に一回はそんなこと言うてるやん。牧場行くとか、まぐろ漁師になるとか。次は宮大工ブームなんや」

「さあ、どうなんやろ。彫刻はうまいから、宮大工は向いてるかもよ」

話しながら人波に任せて歩いていると、三津寺筋《みつてらすじ》の信号のところでタクシーにひかれそうになった。

一月

棚に収まりきらなくて床にも置かれていた宅配便や郵便の封筒と年賀状を抱えて、落ちそうなので顎《あご》で上から押さえた歩きにくい体勢で給湯室の前を通ると、サービス部の野沢さんと笠井《かさい》さんがなにを出し入れするでもなく冷蔵庫を開けたり閉めたりしながら、ぼそぼそと話していた。たぶん大丈夫やろうけど、と野沢さんが言ったのが聞こえた。

「半分持つわ」

後ろから桜井さんの声がして立ち止まると、上のほうの小さい封筒と年賀状の束をごっそり取ってくれた。

「年始の挨拶からあんな話されて、いやんなるやんな」

桜井さんは面倒そうな感じで言った。

さっき、年始の朝礼があって、その挨拶の中で社長が、四月には本社を縮小していくつかの部署を工場に移すことを話した。前からそういう計画があることは山口課長も「内緒やで」と言いながら教えてくれていたし、お昼ごはんのときなんかにも話題に上っていたから、おおかたの反応は「やっぱり」というところだった。でも、はっきり社長に、しかもお正月休みが終わって出てきた朝から言われると、気が重くなるのは当たり前だったし、自分の通勤する場所がかなり遠くに変わってしまう現実問題に直面する人もたくさんいた。

「ここの事務所も引っ越すみたいやし」

封筒をどさっと机に下ろし、桜井さんは手をはたいた。いちばん窓側の部長の机の周りには、山口課長や斎藤さんたちがあつまって、一升瓶《いっしょうびん》の日本酒をプラスチックのコップに注ぎ分けていた。事務所の中は、いつもはこない監査役なんかも勢揃いして、あちこちで挨拶をし合っていてざわついている。

「めっちゃええ場所ですもんね、ここ。あんまり不便なとこじゃなかったらいいのにな」

今、本社があるところは何をするにも便利で安くておいしいランチを食べに行けるお店もいっぱいあるし、帰りにどの方向へ歩いても寄り道できて難波でも梅田でも出やすいし、ついでに入っているビルもまだ新しいほうで十三階だから景色もいい。

「今よりええとこはないわ」

桜井さんはあっさり事実を確認するようなことを言ったので、かえって心配しても仕方ないという気持ちになった。いやかと聞かれたらいやだろうけれど、駅からの遠さやビルの古さや、月に一、二度しか行かないランチのいいところがないとかはすぐ慣れると思う。

わたしが気になっているのは、経営統括部が工場に行くかもしれないということだった。

「さあ、とりあえず乾杯しましょか。こっち集まってくださーい」

浜本部長が声を張り上げた。山口課長が、ほな社長呼んできます、と言って大きい体をかがめて社長室に入っていくのが見えた。

「うちの会社って、だいたい他より一日早いねんなー」

年賀状の仕分けをしていた手を止めて、桜井さんがお酒の入ったプラスチックコップをわたしの分も取ってきてくれた。明日以降から仕事始め、という会社が大半を占めているせいもあってか、今日はとりあえず挨拶に来たという雰囲気で、席にも着かずにうろうろしている人が多い。

「電車空《す》いてましたね」

年末の締めのときも、経営統括部で乾杯をした。営業のフロアは向こうで別に乾杯をしていて、廊下の向こうから先に賑やかな声が聞こえてきた。

「皆さん、コップ持ってますかー」

社長室から出てきた山口課長が、必要以上に大きく節のついた声で、自分のコップを持ち上げて呼びかけた。そのあとに出て来た小柄な社長が、浜本部長の席のところへ立って、さっきの朝礼のときとは違って一応年明けにふさわしい明るさで乾杯の音《おん》頭《ど》を取り、全員揃うと結構いるんやなと思う三十人ちょっとの人がほとんど同時に透明なコップの透明なお酒を飲んだ。

「会社ってどこでもこんな感じなんですか」

大掃除と打ち上げでお昼までだった仕事納めとは違って、このあとそれなりに仕事が待っているので食べ物が並んでいるわけではなく、少しだけ置かれたミックスナッツの中からピスタチオばっかり選んでかじっている桜井さんに聞いてみた。

「そうちゃう？　でも、他の会社行ったことないからわからんわ」

桜井さんはだいたいのことはなんでも知ってるような気がしてた、とそれを聞いてから思った。その向こうで他の女子社員は誰も飲んでいない二杯目のお酒に口を付けていた鈴本さんが、笑った。

「ほんまや。どうする？　会社でお酒飲むんうちの会社だけやったら。わたしの友だちで広告のデザインとかしてる子がおんねんけど、会社ってFMがかかってるもんと思っててんで。三回ぐらい会社変わってんけど、ちっちゃいデザイン事務所ばっかりで、みんなそやってんて。そんなんかかってるわけないやん、って言うたら、えー、じゃあ仕事中ってしーんとしてんの、ってびっくりしてた」

鈴本さんはお酒が好きなようで、楽しそうだった。

「毎朝社歌合唱するとこは知ってるわ。うちも工場はラジオ体操してるしね」

桜井さんは、ピスタチオがなくなったのでカシューナッツを手にとっていた。

FMが流れる職場を思い浮かべてみたけれど、好きな曲が流れたら落ち着かないような気もするし、山口課長は「これ流行っててんねやろ」とか言いそうだけど、浜本部長になると想像もつかへん、と思っていると、社長がほぼ空になったコップを片手にこっちへ来た。

「今年はいい年になりそうですか？」

桜井さんと鈴本さんはちらっと視線を交わし、近くにあったビール瓶を鈴本さんのほうが取って、すでに血色のいい社長に注ぎつつ答えた。

「まあ、なんとかがんばります」

にこにこしてそのビールを一口飲んだ社長は、今度は桜井さんに言った。

「もうちょっとやけど、うちのためにしっかりやってちょうだいよ」

桜井さんが戸惑い気味に挨拶を返すと、次の順番はわたしだった。

「あなたも、頼りの先輩がいなくなってもちゃんとやってくださいね。いろいろ変わるから大変だと思いますけど」

いろいろってなんなんや、と聞き返したい気持ちを抑えてとりあえず、がんばりますと答えていると、社長のうしろで山口課長がこっちを窺っているのに気がついた。社長がわたしたちの肩を叩いて離れたのを見計らって、山口課長が近寄ってきた。

「社長、なんか言うてた？」

「いろいろ変わるって」

「それだけ？」

「がんばってって」

「あ、そう。……冷蔵庫に烏龍茶《ウーロンちゃ》もう一本入っててんねん。取ってきてくれる？」

山口課長のほうが絶対知ってるのに、と思って給湯室へ行くと長田さんがいた。

「あ、ええとこに来たわ。これうちの部長の差し入れ。いつものシュークリーム。女の子の分は数あると思うから持ってって」

渡された箱は重みがあって、詰まっているクリームを想像できた。

「営業さんは今から初詣《はつもうで》と挨拶回りやわ。わたし一人で電話番やし、遊びに来てよ」

「初詣ってどこ行くんですか？」

「住吉大社《すみよしたいしゃ》。昔から決まってるねんて。まだ人多いやろな」

三日前に行ったばっかりだったので、その混雑ぶりを思い出した。見せ物小屋を見つけられなかったけれど、今年もあったんやろうか。

経営統括部に戻ってシュークリームの箱を机の上に下ろすと、山口課長が聞いた。

「烏龍茶は？」

「あ、忘れてた」

山口課長は、蓋《ふた》を開けかかっていたシュークリームとわたしの顔を見比べた。

「あんた、動揺してんのやろ」

急にそんなことを言われて返事に詰まった。

「だんだんわかってきたわ。いっつもしれーっとした顔して冷静なんかと思っとったけど。それ食べてええの？」

　数えると余りそうだったので、一つ渡した。

「よう言われます。怒ってもわからへんて」

「あ、そうなん？　今度から気いつけるわ」

　山口課長はシュークリームにかぶりつき、ふごふご言った。どんな友だちより長時間顔合わせてるんやもんな、としみじみ思った。

「大丈夫ですよ」

「そう？」

「まあ、たまに」

　怖いなあ、と山口課長はだいたい期待していた返事をして、五分の一ぐらいになったシュークリームを口に押し込んでから言った。

「まあ、女の子は工場はないと思うで」

　そうですねと答えて、わたしはシュークリームを女子社員に配って回った。経理部では四人の男の人たちがもう席について、パソコンに向かったり電話をかけたりしていた。

「ゆうちゃんと桜井さんと岡崎《おかざき》さんが辞めるやろ？　ほんで、たぶんサービス部は工場っぽいやんか」

長田さんは、電話の横に置いてある古い仕様書を切ったメモ用紙に、簡単な組織図を書きながら説明した。

「総務はゆうちゃんのあと入れると思うねん。そこにサービスのどっちかが行く。もう一人が岡崎さんのとこ」

自分の部署があるスペースより元々広い営業のフロアは、ほとんどの人が出払っていて余計にすかすかして見えた。わたしは長田さんの隣の机に座って、お客さんが持ってきたカステラを食べながら、長田さんの解説を聞いていた。

「だからやっぱり問題は経営統括部がどこに行くかちゃう？　それか、桜井さんと喜多川さんの仕事を分けて、総務とか営業本部とかになるっていうのもありかも」

だんだん線が入り組んできたメモ用紙に、長田さんはまた矢印を書き足した。

「それは山口課長も言うてました。もともと別の部署やったんやからって」

「なあー？　ほんま、なんでころころ組織変えるんやろね。中身は変わらへんのに。また名刺やらパンフレットやらやり直さなあかんやん」

メモ用紙の残り少ない空白に、ぐるぐるとうずまきができていく。三年前のリストラのときにもだいぶ体制が変わって、経営統括部はそのときにできた。

「工場はないと思うけど、違う仕事になるかもしれへんね」

長田さんは、まあどこに行ってもそんなに変わらへんよ、とわたしの背中を叩いた。

電話が鳴って、長田さんが出ると、工場の親しい誰かのようで、年賀の挨拶のあとやっぱりしばらく異動関係の話をしていた。

「設計も変わりそうなんや。うち？　引っ越しはするみたい」

他には誰もいない第一営業部は、年末に大掃除をしたのがまだ散らかっていなくて、すっきり見通しが良かった。パーテーションにかけられた行動予定表には、枠を無視した大きな字で「挨拶回り」と書いてあった。わたしが座っている藪内さんの机の上には、幼稚園ぐらいの女の子と秋に生まれた男の子の写真が飾ってあった。二人とも三角の眉毛の形が藪内さんと同じだった。窓際だから、冬の午後で傾いた日が差し込んで、眩《まぶ》しかった。

「ええなー、こっちは広々してて。もう、なんや挨拶の人がようさん来て濃いわ」

顔を上げると、桜井さんが紙を一枚ぺらぺらさせながら来て、長田さんの向かいの席に座った。ちょうど長田さんの電話が終わった。

「はいこれ。浜本部長から、そちらの部長にお手紙です。なんの相談してんの？」

桜井さんは紙を長田さんの机に置き、かなり黒くなったメモを首を伸ばして覗いた。

「喜多川さんの将来について。まあ、そんなに大変なことにはならへんで、って言うてたんですけど」

長田さんの言葉に桜井さんは頷いた。

「わたしもそう思うわ。たぶん今とそんなに変わらへんと思うで。営業さんはどうなん？　ここも三人減るやろ」

「ちょっと忙しなるでしょうけどねえ。ま、少人数のほうがやりやすいこともあるし。わたしはそんなに心配してないです。部長が替わるかも知らんから、そこはちょっと不安ですけど」

廊下に近いサービス部で電話が鳴り、ここも一人で留守番している野沢さんが応対していた。

「またぁ？　長田さんも苦労が多いやんなあ。その割に営業一筋で続いてるよね」

「長田さんは辞めたいとかあんまり思わないんですか？」

思い立って聞いてみると、長田さんは素早く首を横に振った。

「ないない。だって、ええ仕事やん。毎日会社来てたら月末には銀行にお金が振り込まれてるねんで。忙しいときもあるけど、暇なときはお菓子食べててもええねんもん。わたしは、今の状態でじゅうぶんいいと思う」

長田さんのさばさばした口調を聞きながら、その顔を見ていた桜井さんは、わたしが差し出したカステラを手に取って言った。

「でも、長田さんはかなり仕事ぱきぱきできるほうやと思うねんやん。探したらいろいろあるんちゃう？」

「いやー、なんか、あんまりそこにエネルギーがつぎ込まれへんくって。それやし、なんていうか、この仕事、好きみたいなんですよね。おもしろいでしょ？」

それからもそもそとカステラをほおばった長田さんを、桜井さんはちょっときょとんとして見た。

「あ、そうやったん？　それにしては愚痴は多いで」

「そら、腹立つことは多いもん。でも、うーん、辞めたいとかとは違う」

「第一は結束《けっそく》してるしね」

人間関係は大きいわ、と桜井さんは自分で言って自分で頷いた。長田さんの部署は、比較的仕事ができる人が揃っていて仲も良かった。わたしには、長田さんが好きで仕事をやってたということも新鮮な驚きだったし、桜井さんもそれを今やっと知ったことがおもしろかった。それでさっきまでより少し明るい気持ちになって聞いてみた。

「じゃあ、ずっと続けはるんですか」

「工場異動でもわたしはいいよ。会社なくなるまでおる」

「へえー」

最初からそう決まってたというような表情の長田さんを、桜井さんは興味深そうに見ていた。長田さんはマグカップのコーヒーをごくんとのんで、後から見ると訳《わけ》のわからない線でいっぱいのメモ用紙を見てから、わたしに聞いた。

「喜多川さんこそ、ほんまはデザイン系の仕事したいんちゃうん？　ちょこちょこ作ってるんやろ」

わたしはちょっとだけ間を空けて、それからゆっくり確認するみたいに答えた。

「自分でもわからないいんですよ。そっちに行った友だち見てると、いいなと思うけど自分はここまで必死でがんばれるかなって思ったり……。目指してる仕事があるわけじゃないんです」

かっこわるいなと思った。こういうとき、はっきり言えることがないという今の自分の状態にいちばん困っている、と話しながら感じた。桜井さんは、考え込むような顔をして聞いていて、一呼吸置いてから言った。

「わたしが辞めるからって気にせんでもいいねんで。まだ若いんやし」

「転職勧めてるんですか」

長田さんが少し茶化《ちゃか》していった。

「ちゃうちゃう。なんかさ、どっか馴染《なじ》んでない感じがするから」

「すいません、まだできへんことばっかりで」

桜井さんがそういうことを言ってるんじゃないのはなんとなくわかっていた。やっぱり桜井さんはすぐ切り返した。

「ちゃうって。なんとなく、他のこと考えてるような」

隣の長田さんがわたしの顔を見ているのが、視界に入っていた。毎日朝から夕方までいっしょにいるのだからやっぱりわかるもんなんや、とさっき山口課長に思ったのと同じようなことに、わたしはやっと気がついた。

答えようとしたら、あけましておめでとうさん、とがらがらした声が響いて、みんな振り返ると廊下の横の受付台のところに去年取締役を退任したおじいちゃんが笑顔で立っていた。

ミラーボールが家にもあったらいいのになと、小さな丸い光が天井でも壁でも人の背中でも床でもぐるぐる回っているのを見るたびに思う。そう言うと、篤志も樹里も売ってるでって言うのだけれど、さすがに買ってまで部屋に取り付けようとは思わない。

「下に降りへんの？」

急な階段を上がってきた樹里が、響いてくる音に負けないようにわたしの耳元で怒鳴った。暗いのでわからないけれど赤い色で小さな気泡が上る飲み物を持っていて、樹里はもうすでにふらふらしている。

「うーん、次が出てきたら」

そお？　と言って樹里は隣の椅子に座った。中二階というかロフトというか、楽屋を兼ねている狭いスペースは楽器のケースや荷物でごちゃごちゃしているけれど、ステージが見下ろせるようになっている。今ステージにいるのはバイオリンとベースとDJの変わった組み合わせで、歪《ゆが》みっぱなしのような音を響かせている。フロアには、動き回っても邪魔にならないくらいの多くも少なくもない人がいて、それぞれが勝手に動いているような、でも全体がやっぱり音に合っているようなのを見ているのは楽しい。

「篤志知らん？」

樹里がまた耳元で言った。

「さあ？　さっき、おなか痛いって言うてたけど」

樹里の耳元で言い返すと、樹里は、また？　と言って笑った。早めに来てセッティングを手伝ったりしていたので、それで一段落したような気分になってしまい、すぐにここに上がってきてしまった。隣では背が高くて猫背《ねこぜ》の男の人が、小さい机にノートパソコンを二台無理に置いて、ステージの横の壁に映る映像を操作している。緑の森と花火と抽象的な図形が組み合わされた映像はきれいだったけど、操作している彼は全く愛想が悪くて、ひたすら丸くなって画面を見ている。

「あ、りょうちゃん、こっち座り」

階段のところから顔を出した男の子を、樹里が手招きした。目が半分隠れるくらい深くグレーのニットキャップを被《かぶ》って襟元が伸びたようなセーターを着た彼は、にこにこしてわたしたちの背中側に置かれたソファに座った。ソファといってもクッションがへたっているうえにあちこちの破れをガムテープで覆っていて、座り心地はとても悪い。

「下に降りへんの？」

りょうちゃんは樹里と同じことを聞いた。

「次始まったら」

今度は樹里がそう答えた。りょうちゃんは夏前に篤志がちょっとだけやっていたバンドでドラムを叩いてた二十歳の大学生で、先月の中頃にクリスマスを前にして樹里が突然彼氏だと言って連れてきたので、わたしも驚いたし篤志はもっとびっくりしていた。

「さっき、篠田《しのだ》くんに会うてんけどな、今度いっしょにTシャツ作らへんかって。篠田くんのバンドとか友だちのんとか何種類か作るねんて。他にもトートバッグとか、簡単に作れるもんやったらできるかもしれへん」

さっきまでよりは緩《ゆる》やかな曲になったので、そんなに大声じゃなくても樹里の声が聞こえた。いつのまにか照明が変わっていて、フロアは雪のようなミラーボールの光は消えて黄色く明るい光で照らされていた。ちょっと覗いてみたけれど、大学の同級生だった篠田くんは見あたらなかった。

「かっこよくできたら、うちのお店でも置いてもらわれへんかな、って思って」

樹里は、もうできあがったあとのことまで思い浮かべているみたいだった。うしろのソファにだらっと座っているりょうちゃんの煙草の煙が流れてきた。

「Tシャツかぁ」

わたしのほうはあんまり具体的なことが浮かばなくて、ぼやっと答えた。

「なになに、まだ仕事とか悩んでんの?」

反応に落差があったので、樹里はすぐに聞き返した。

「自分がどうしたいかわからへんって、あほみたいじゃない？」

わたしはそう言って、樹里の持ってきた飲み物を一口もらった。飲んでもなにかわからなかった。

「でもTシャツは作れるで」

樹里は、絶対にいいのが作れるっていう顔で笑って、なにかわからない飲み物をがぶがぶ飲んだ。


ひとつ目のバンドが終わって、DJに変わったので、樹里とりょうちゃんと三人でフロアに降りた。冬休みだからか早い時間なのにさっさと前に進めないくらい人がいて、そのせいでというわけじゃないけど、樹里とりょうちゃんは腕を持ち合ったりしてずっとくっついていた。

「やっぱり篤志おらへんな。次やのに、大丈夫なんかな」

樹里はりょうちゃんの肘のあたりを摑んだまま、ドリンクバーとフロアの境目のところを行き来する人を見渡していたけれど、全然心配そうじゃなかった。りょうちゃんは樹里が持っていない方の手で缶ビールを握って、頭を曲に合わせてゆらゆらさせていた。

「あー、おれ、篤志さんに二百円返さな」

急に真顔でりょうちゃんが言ったので、なんのお金か知らないけど、わたしも樹里も笑った。樹里は大学の卒業間際に三年つきあっていた彼氏に振られてから、誰かをいいと言ってはすぐ嫌になることを繰り返していたので、りょうちゃんと楽しそうなのを見ているとうれしかった。

「春ちゃん、久しぶりやーん」

ドリンクバーのほうから出てきた女の子がこっちに手を振った。ちょうどライトの陰になっているので一瞬誰かわからずにじっと見ると、同じ大学だった香穂《かほ》で、そのうしろに梨田《なしだ》さんと江崎《えざき》さんもいた。

「あー、樹里もおるやん。彼氏?」

半年ぶりにあった香穂たちと、近況を報告しあいながらフロアのうしろのほうへ移動した。りょうちゃんは江崎さんの友だちの友だちだったらしくて、その話で盛り上がっていた。曲はだんだんポップで明るい曲に移っていって、樹里とりょうちゃんは前のほうに出ていった。

「なあ、わたしら今度イギリスに旅行行こうって言うてるねんけど、春ちゃんもいっしょに行けへん?」

「いつ?」

「三月までわたしと理絵《りえ》は仕事忙しいから、高いけどしゃあないから五月の連休かなって言うてる。梨田さんはいつでも行けるけど」

それから香穂たちは、スコットランドに行きたい街があるとかロンドンのテートギャラリーは絶対行くとかいろいろ言い合って、それを聞いているうちにわたしもずっと行きたいのにまだ行ったことがないイギリスに行きたいなと思ったら、ちょうどその時にかかっていた曲もイギリスの人のだった。

ちょっと長めのＤＪに飽きてきたころにやっと次のバンドが出てきた。ステージを見ると、篤志はちゃんとギターを抱えて、いつもと同じように右の端のほうに座っていた。サックスを持ったボーカルの男の子がぼそっと挨拶をすると、篤志のギターの音で曲が始まり、それと同時にまたミラーボールの光が回り出して、わたしはフロアの真ん中あたりまで進んだ。

人の隙間から、左の前のほうの樹里とりょうちゃんが見えた。右側の壁には、あの愛想のない男の子が操作する、今度は水面と夜に走る電車が組み合わされた映像が映っていた。ドラムとベースの低い音が、自分の体の中から響いてくるみたいに感じる。聞き慣れた篤志のギターの音が聞こえてきて、それが篤志の足下にあるアンプからなのかステージの横にあるスピーカーからなのかわからないけれど、こうやって体を動かしたくなるような音に任せて揺れている間に、ぼんやりとさっきのイギリス旅行の話とか樹里がりょうちゃんを連れてきたときのことや明日起きてからなにをするかっていうことを思い浮かぶままに考えるのが、とても好きなんだと、こういう場所にいるときはいつも思う。

今までなんとなく、大学までの友だちと会社の人は別の世界のような気がして、イベント好きの長田さんに自分が作ったフライヤーも渡したことがなかったけれど、今度、長田さんが好きそうな音のときは誘ってみようかな、と思った。ステージの上では篤志が、いつものようにお客さんのほうは全く見ないで、ほんとど目を閉じてギターを弾いている。わたしは、こうやって篤志を見ているのも好きだし、今日みたいに準備から手伝ったりフライヤーを作ったり、そしてこの音の中にいることも好きで、その好きなことをちゃんとできている。会社に行って仕事をして、毎月給料ももらってボーナスももらえて、どれでもなんでもっていうわけじゃないけど好きな服も買えるし、イギリスに旅行に行こうかとも思っている。それはとてもいいことだと、たぶんわたしは知っている。必要なのは、なにかするべきことがあるときに、それをすることができる自分になることだと思う。桜井さんみたいに。樹里と篠田くんとTシャツを作るのも楽しそうだし、また明日会社に行って桜井さんや長田さんと仕事しながら組織改編に文句をつけたりするのもきっと楽しい。きっと、それでいいと思う。

同じ旋律が繰り返されるのをずっと聞いているあいだにそこまで考えたけれど、明日の朝起きて会社に行っても同じように思ってるかどうかはわからない、とも思った。三曲目が終わって、篤志が珍しくこっちを見て、ギターの陰で小さく手を振った。

次で最後の曲です、とボーカルの男の子が言って、ずっと動いていたので暑くなったわたしはフロアのいちばんうしろへ行き、隅に三つか四つだけ置いてある椅子はもちろん占領されていたのでその横の壁にもたれた。樹里とりょうちゃんはまだ前のほうにいるみたいだったけれど、香穂たちは見あたらなかった。曲が始まるとまたミラーボールがゆっくり回り出した。やっぱりきれいだから、ちゃんとしたやつじゃなくて安いのでいいから部屋に付けようかと思って見上げていると、すぐ前の人と人との間から出てきた人と目が合った。

正吉くんだった。向こうも少し驚いたらしくて、一瞬なにか言いかけたまま表情が止まって、それから、こんばんは、と言ってわたしの左隣の壁にもたれた。

「元気？」

わたしのほうに上半身を傾けるようにして、正吉くんが聞いた。珍しくちょっと笑顔だった。

「元気」

「フライヤー、やっぱり喜多川さんが作ったんや。すぐわかった」

スピーカーからは遠くて柱に遮られている一角だったけれど、正吉くんの声は聞きとりにくくて聞き返して、二回目に言っていることがわかった。わたしは、うん、と答えた。すでに、うれしくてどうしたらいいかわからないくらいだった。

どうしたらいいかわからないので、黙って見えないステージのほうを見ていると、正吉くんが今度は真顔でまたなにか言った。

「……から、来えへんの？」

全部は聞き取れなかったけれど、たぶん十月にリトル・アイズで会った彼女の名前を言い、いっしょにいるところに会ったからそれ以来お店に来ないのか、というようなことを言っているみたいだった。こういうときわたしは焦ってつまらないことを言ってしまうことが多いので、なんとか呼吸を整えてできるだけなんでもないように言った。

「どう思う？」

それでよかったかどうかはわからないけれど、わたしにしてはまだましな答えだと思う。正吉くんも、きっと見えないステージを眺めて少し考えてから言った。

「わからへん」

それでまた間があいた。右斜め前で人よりも大きく動いて踊っていた背の高い男の人がぶつかってきて、わたしは一歩正吉くんのほうへ寄った。

「彼女、美人やね」

思いきって言ってみた。これは失敗かもしれない、とすぐに後悔した。正吉くんは、わたしの顔を見て、それからまたちらっと前のほうを見て、そしてわたしの左耳に言った。

「今は、違う」

それでまた腕組みをして壁にもたれて知らん顔をしている。その否定がまさか「美人」の部分にかかっているわけじゃないやんな、と重要でないところが頭の中を占めていた。どきどきしすぎてそれを出さないようにするのに精一杯で、じっと目の前の丸い光の流れを目で追っていると、正吉くんの声が聞こえた。

「お正月休み？」

「ううん。今日から仕事」

「ちゃんと会社行ってるんや」

「うん」

曲が、もうそろそろ終わりそう、と思った。ふと思いついて聞いてみた。

「正吉くんの会社って、ＦＭかかってる？」

唐突な質問だったので、正吉くんはきょとんとした目でこっちを見て、なにか思い出そうとするように間を置いてから答えた。

「かかってない」

せっかく思いついた質問が一言で終わってしまったと思ってがっかりしていると、しばらくなにか考えているような顔をしていた正吉くんが言った。

「テレビ、ついてる」

すごくうれしかった。それで、笑えてしかたなかった。

「そうか、テレビか」

「なに？　そんなにおかしい？」

わたしがあんまり笑っているので、正吉くんは、なんで笑ってるかわからん、と言いながら自分も笑っていた。

篤志のバンドの演奏が終わり、ミラーボールの光は消えて照明が少し明るくなった。

二月

とても寒い日は、静かな気がする。会社の大きな窓から見える、建物がびっしり詰まった大阪の街は、低くて弱い太陽の光を受けて薄い影が伸びている。寒いから多少は表に出る人が減るのかもしれないけれど、こうして外の音が聞こえない建物の中からガラス越しに見ていると、静かに見える。そんな気がするだけで、実際に外に出たら夏と変わらずうるさいのかもしれない。でも、冬になったらいつも夏のことは忘れてしまっているから、比べるのは難しい。

「喜多川さん、これ、コピーしてきて」

浜本部長の声が背中から聞こえた。わたしは窓を離れて、どうもあんまり機嫌が良くなさそうな部長から分厚い会議資料を受け取った。すぐ近くのコピー機は、経理課長が法律書をひたすらめくってコピーしていて長くかかりそうだったので、廊下のコピー機まで行くことにした。

「まだ来てへんねんなあ。困るわ、お客さんのとこ持って行かなあかんのがあるのに」

廊下の郵便や宅配便を入れる棚の前で、長田さんがぼやいていた。

「いつ来るんでしょうね。もうすぐ十一時でしょ」

　わたしはコピー機の差し込み口に資料を置いてスタートボタンを押した。昨日の夜中から、関東から中部地方で大雪になり、高速道路はほとんど閉鎖されたので、名古屋営業所よりも東の分の宅配便は、いつ届くかわからない状態だった。郵便も少なかった。新幹線はまだ止まっているらしい。

「毎年一回ぐらいは大雪になるのに、なんで対策考えへんのやろ」

　待っている書類が来ないので中途半端に時間があいてしまったらしい長田さんは、棚の横のキャスターつきの椅子に座って左右に揺れていた。

「でも大阪ってこの何年か積もってないですよね。すぐ溶けるぐらいのはあるけど、雪合戦はできへん」

「わたしがまだ高校のときに一回めっちゃ積もって、学校までたどり着くのに三時間半かかったことあったけど、それ以来ないんちゃう？　やっぱり温暖化してんのかな」

　朝起きたら別世界になっているくらい雪が積もったのはいつだったのか記憶を辿ってみたけれど、長田さんが言ったのもいつのことかぴんと来なかった。

「たまには積もってくれてもいいのに。雪ってきれいやし、なんかわくわくしません？」

「でも、今やったらほんまに会社来るまで半日ぐらいかかりそうやし、大変そうやわ」

「うちも駅までバスに乗らへんと雪の中歩くのは辛《つら》いかも」

「台風でも会社は休みになれへんしね。わたし高校のときに、ちょっとバンドやってたことあんねんけどな、三か月ぐらい練習しただけで終わってんけど」

長田さんがベースを弾けるというのは前に聞いたことがあった。長田さんの小さい体にはベースは重そうやと思いながら、その話を聞いた。

「ギターの男の子が好きな歌に、雪が降ってる日に自分は家でこたつに入ってるけど友だちは働いてるっていう歌詞があるらしいねんけどな、その子は、雪が降ってる日に働いてるやつはあほやなぁ、っていう意味にとっててん。それを聞いてドラムの女の子が、雪が降っても働いてて偉いなあ、っていう意味ちゃうの？　って言い出して、けんかになってたわ」

「長田さんはどっちやと思ったんですか？」

「両方ちゃうん？　そんなん」

長田さんは肩をすくめて軽く笑った。そこに水野さんが紙を一枚ひらひらさせながら歩いてきた。

「お昼は過ぎるみたいやわ。あやちゃん大丈夫？」

紙には「東京支社社内便、名古屋以東の宅配便は1時頃になります」と太い字で書いてあって、水野さんは棚にそれを貼り付けた。

「大丈夫ちゃうよ。とりあえず工場に電話してみるわ」

もう諦《あきら》めているのか言葉ほど困った様子もなく長田さんは立ち上がって、めんどくさいなーと言いながら営業部へ戻っていった。コピーし終わった用紙を揃えていると、水野さんが、

「中村さん、今ごろ大変やろな」

と、ぼそっと言ったのが聞こえ、毎朝九時前に来る運送会社のおっちゃんが配送センターみたいなところで困った顔で行ったり来たりしているのが、そんなところは見たこともないし実際に今どうしているかなんて知らないのに、でもそういう光景がすっと浮かんだ。


桜井さんの席に座って、パソコンのスイッチを入れた。有給がまるまる残っていた桜井さんは、二月に入ってから週に一度は休みを取ることにして、その日は受注の日報の入力をわたしがやることになった。パソコンが立ち上がるまでの間に、机に置かれた受注票をめくった。今日は三枚だけだった。工場からの社内便の封筒を開けると、それはわたしにはまだできないことだったので中身を出して机の端に揃えて置いた。

パソコンの壁紙は、桜井さんの家の茶色い縞柄《しまがら》の猫が前足を揃えてちょこんと座ってこっちを見上げている写真に設定されていた。四月になってこのパソコンを完全に別の人が使うようになったら、この画面も変わるんやろうなと思いながらマウスを握

ると、その手触りが斜め前の自分のデスクでほったらかされているマウスとは全然違っていたので、戸惑ってしまった。

水野さんや長田さんの机の上は、それぞれの趣味が反映されたカレンダーやカラフルな文房具がたくさんあってファイルも手書きのシールで飾られていたりするのに比べれば、桜井さんの机は総務から支給されたりずっと前から使っている事務用品が占めていて、その愛想のなさが逆に桜井さんらしい感じがする。机や椅子はわたしの席と全く同じで座布団が置いてあるわけでもなく、パソコンも多少仕様が違うだけの同じ形のものなのに、こうやって座ってみると、「人の席に座っている」という違和感がとてもある。学校の上履きがみんな同じなのに、間違えて人のを履くとびっくりするぐらい感触が違ったみたいに。

「やりかた、わからへんか？」

斜め前の席で部長となにか相談をしていた山口課長が、振り返って聞いた。

「いえ、大丈夫です」

わたしはちゃんとできてますというのを示すために、大きめの動作でマウスを移動させ受注票をめくった。山口課長の二つ隣の自分の席は誰も座っていなくて、一定の間隔をおいて開けっぱなしのパソコンのモーターが唸《うな》る音が小さく聞こえてくる。去年までは前任の人が置いていったカレンダーをそのまま使っていたけれど、一月からは自分で買ってきた数字が虹色《にじいろ》のものを置いている。これも前の人が置いていったスヌーピーのペン立てには、いつのまにかムーミンの人形がついたボールペンとか蛍光カラーの付箋《ふせん》とか、自分の持ち物が増えていた。四月になっても新入社員は来ないみたいだけれど、もし誰かがこの席を使うようになったら、今わたしが桜井さんの席で感じているくらい「人の席」という感触がするのかな、それはわたしもそれなりに仕事をしてるってことなのかな、というようなことを思った。

大丈夫とは言ったけれど、やっぱりまだ完全には覚えていなくて、桜井さんが作った引き継ぎのファイルで確かめながらなんとか一件目の入力が終わったところで、電話が鳴った。

「東京営業の立松です。おはようございまーす。そっちは雪降ってないの?」

立松さんはちょっと早口であまり前置きをせずにしゃべる。展示会でいっしょに黄色いツーピースを着たのだけれど、減《め》り張《は》りのある体型なのでいちばん似合っていた。

「全然ですよ。東京大変みたいですね」

「わたしも七時に家出たのに遅刻しちゃったもん。電車各停しかないんだよ、しかも五分ぐらい停まるの。部長も小池さんもまだ来てないんだ」

「東京支社の周りも積もってるんですか?」

「ほんのちょっとだけで、もう溶けた。靴がぐちょぐちょで最悪」

展示会のときに寄った新橋の東京支社の周りの風景に雪が降っているところが、頭に浮かんだ。その風景にはなぜか誰も人がいなかった。だけど、実際はいつもと変わらず人がたくさんいて足が濡《ぬ》れたり道路が込んでどうしようもないことの愚痴を言い合っていたりするんだろうと思った。

「今日桜井さん休みでしょ。受注月報の一月のってわかる？　社内便来そうにないからさ、とりあえずメールで送ってくれない？」

「えーっと、たぶん……、わかります」

パソコンの画面のアイコンをクリックしていくと、それらしいファイルがあった。フォルダの分け方やファイルの名前の付け方も人それぞれ特徴があるんやな、と漢字で正確に記された名前が並ぶ画面を見ながら思った。

「じゃ、よろしくねー。あ、桜井さんに辞めるまでに一回東京おいでよって言っといて」

受話器を置いて外を見ると、雲が出てきて日が陰り、さっきよりも寒そうに見えた。だけど、ガラス一枚で隔てられたオフィスの中は、寒いから暖房を強くしているのか顔が少し火照《ほて》るくらい暖かい。わたしは真夏と同じブラウスにベストの制服を着て、雪景色を想像している。

電話当番の日だからお昼休みに一人で残っていたのだけれど、待っている社内便もまだ来ないしすぐにやらないといけない仕事もないので、自分の席で桜井さんが作った引き継ぎ書のファイルを眺めていた。そのうちに小さく振動する音が聞こえた気がした。朝からずっと来るのを待っているメールがあるので、すぐに引き出しを開けると、財布や化粧ポーチといっしょに小さい袋に入れている携帯電話に、やっぱりメールが来ていた。

「今日も五時に起きたで。びっくりするぐらい寒いって。これ、今日のおれの仕事」

それは篤志からで、がっかりしたと言ったら怒られそうだけど、わたしは誰もいないのをいいことに大げさにため息をついて気持ちを落ち着かせて画面をスクロールした。二週間前に奈良に引っ越した篤志が送ってきたのは、どこかの庭先らしい小さな池に氷が張ってその周りに雪が積もった写真で、それが居候《いそうろう》している彼女の家なのか仕事先なのかはわからなかった。

ええなあ、大阪はいつもと変わらへんわ、と文字を入力して、せっかくだからわたしもなにか写真を送り返そうかと思って周りを見回したけれどわざわざ見せたいようなものもないので、立ち上がって机の全体を写して、わたしの仕事、と書いて送った。

「なにしてんの」

振り向くと、応接室から長田さんがお弁当箱の入った袋を持って出てきた。今日は桜井さんも休みで水野さんも昼から帰ったから、長田さんは第二応接室でお昼を食べている経理の鈴本さんたちのグループに混ぜてもらっていた。

「友だちからメール来てて。奈良に住んでるんです。宮大工の修業中」

「へえー、変わったことしてはんねんな」

長田さんはこっちへ来て、お弁当の袋を持ったまま桜井さんの席に座った。第二応接からは鈴本さんたち四人がぞろぞろ出てきた。これから近くの銀行へ行くみたいだった。

「四月になったらわたしと長田さんだけになるから、鈴本さんたちといっしょに食べるんでしょうね」

机に置かれたピンクのお弁当袋に目をやって聞くと、肩が凝《こ》りやすい長田さんは腕をぐるぐる回しながら言った。

「でも新しい事務所って、細かく分けんとパーテーションで区切って使うって言うてなかった？　じゃあ、全員いっしょになるんちゃう。全部で十五人ぐらいしかおれへんのやし」

「あー、そうですね。そのほうが賑やかでええかも」

「入ったばっかりのときは、十人ぐらいやったなあ。第一会議室でぐるっと机並べて」

「給食みたいですね」

誰かが辞めたり新しい人が入ってきたりして少しずつ形が変わってきたお昼ごはんのグループを、歴史の教科書なんかに載ってるどの国が分裂して併合してという表みたいに図解にしたらおもしろいかも、と思った。

「更衣室も狭くなるんやろ？」

長田さんは桜井さんの机の上のメモ帳に、また意味のない落書きをしながら聞いた。

「今よりは。でも、エレベーターのすぐ近くで目立たへんところやから、遅刻してもばれにくいですよ」

「それは喜多川さん向きやな」

わたしがいつもぎりぎりに来るので、十分前には席に着いている長田さんは笑って続けた。

「ちょっと遠くなるし、気をつけや。わたしは逆に十分ぐらい近くなるかも」

「がんばって早起きします」

会社の移転先はここから三つほど南の駅になった。ビルも古いし、駅からも遠くなる。でも一階はコンビニで前は公園やで、と山口課長は不動産屋みたいなことを言っていた。

「おなか空いた?」

めっちゃ、と答えたわたしに、長田さんはビタミンCたっぷりと書かれたのど飴をくれた。受付で、こんにちはーと声が響いて、長田さんが振り返った。

「あ、宅配便来た」

午後一時のリトル・アイズはこの時間には珍しく、席がほぼ埋まるぐらい人がいた。

「久しぶりやん。えーっと、そっち、座れるわ」

カウンターの中でコーヒーを入れていた寺島さんは、いちばんギャラリー寄りの席を指さした。すぐ隣に座っているスキンヘッドにキャップを被った男の子が、こっちを見てちょっと愛想笑いをした。その向かいには、茶色い髪で緑色のアイカラーが映えたメイクの女の子が座っていた。

「ごはん？　今日の日替わりは唐揚げやけどいい？」

ささちゃんがお水をテーブルに置いた。

「これ、おまけ。今日、寺島さん誕生日やねん」

小さいお皿には、切り分けたショートケーキの一部分が乗っていた。

「そうなんや。おめでとうございます」

拍手をしてみると、コーヒーのカップをトレイに並べながら寺島さんは言った。

「ありがとう。おれも、もう二十四やなあ」

「え？」

カウンターから出てきた寺島さんは、驚いてしまったわたしを見て、逆にきょとんとしていた。

「なに？」

「いえ……。そうか、二十四なんや」

わたしは寺島さんのことを少なくとも自分より五つは上だと思っていた。外見もあったけれど、お店をやってるからそれぐらいだと判断していたのだと思う。寺島さんは、隣のテーブルにコーヒーのカップを二つ並べた。

「そうやで。なんで？」

「そうかあ。すごいね」

「なんやそれ」

「このお店、全部自分でしてはるんでしょ？　すごいなあ」

小さい箱のような空間には、食材やCDやスピーカーや写真や誰かのお土産や、いろんな種類のものが詰まっていて、自分でも単純だと思うけれど、寺島さんの年を聞くと急に、それがこのお店ができてから今までにあったことを全部記録しているみたいに思えた。

「どないかこないかって感じやけど、もう三年目突入やな。そんな、すごい？」

「だって、わたし二十三でまだ全然なんにもできてへんから。二十四かー」

また数字を繰り返すと、斜め前のスキンヘッドの男の子が寺島さんのとわたしの顔を見比べてにやりと笑った。

「もしかして、寺やんのこと、おっさんや思てたんちゃう？」

「いや、そこまでは」

わたしは慌てて顔の前で両手を振った。寺島さんは思ってもみなかったようで、単純に驚いていた。

「え、そうなん」

「寺やん老《ふ》けてるもんなー。その髭があかんって」

「剃《そ》ってみたら？」

カウンターの前に座って笑っていたささちゃんが口を挟んだ。

「なんでやねん。かっこええやろ」

「おれより下には見えへんで、なあ」

スキンヘッドの彼がわたしに同意を求めたので躊躇しながら頷くと、寺島さんがギャラリーのほうを指さした。

「あー、長崎《ながさき》くんはそこの絵の作者。今は無職」

「無職ちゃうわ。絵描きやん。それと焼鳥屋」

長崎くん、と呼ばれたその人は、わたしにまたにやっと笑って見せてから、泡の立ったコーヒーを飲んだ。

「ほんまに手伝うてるんか？　長崎くんの実家、ここの近くの焼鳥屋やねん。仕込みの時間なんちゃうん」

「今日は休みやって。なんやねん、誕生日祝いに来たったのに」

「ありがとう、ありがとう。プレゼント、あのいちばん奥の絵でええよ。置いていって」

寺島さんが言ったのは、ギャラリーの奥の右端に飾られた絵で、離れているからわからないけれど、細かい切り絵みたいなシャープな線で高層ビル街が描かれているようだった。

「あれはわたしが予約済み」

アイラインの濃い女の子が話に参加した。切れ長の目で、このあいだ見た中国の映画のヒロインを思い出した。

「なんやあ。ほんならあっちでもええわ。緑のん」

「そんな言い方やったらやらへん」

長崎くんと寺島さんが言い合っていると、女の子のほうがわたしに聞いた。

「仕事中?」

「そうです。お昼休みで」

「ええなー、わたしそういう格好一回やってみたかった」

彼女は、これといった特徴のないわたしのグレーの制服をじっくり見た。

「そうですか? なんか、この辺に来たら浮いてて恥ずかしいですよ」

「いいやん。もてるって、制服は」

女の子が制服のベストの裾を引っ張ると、長崎くんが割り込んできた。

「おまえには無理やって、こんなちゃんとした仕事」

「なにしてはるんですか?」

「小さい瀬戸物問屋でバイトしててんけど、先週辞めたとこ」

少しふくれた顔で女の子が答えると、長崎くんが苦笑《にがわら》いしてわたしに言った。

「こいつ、根気ないねん」

「だって、おっさん最低やねんもん。寒いのに洗車させられてんで、本町《ほんまち》の路上で。もちろん自家用車」

「うわ、それは厳しいですね」

「そうやろ？　でも、今回はちゃんと、こんなしょうもないとこ辞めたるわ、ってみんなの前で怒鳴って出てきたからすっきりした」

女の子はなにかを叩きつけるような身振りをした。想像してちょっと笑ってしまった。寺島さんもささちゃんも聞きながら笑っていて、長崎くんは呆れていた。

「だって、言われなわからんねんから、ああいうやつは。前のとこはおとなしく引き下がったから後悔してたてん」

「そんなんばっかりってことは、自分に問題があるんちゃうんか？　ほんで、どうするねん」

「どうしよ。なにがいいと思う？」

女の子は、急に真顔になってわたしに質問を向けた。

「えーっと、お店とかどうですか？　直接お客さんとしゃべるのとか向いてそう」

女の子が真剣に頷きながらわたしの答えを聞いていたので、どぎまぎしてしまった。

「そんなん、初対面の人に聞くなよ。自分の将来やろ」

「客観的に見てもらったほうがええかもしらんやん」

わたしはもう一度ギャラリーのほうを見回した。しゃべっているときの多少いいかげんな感じとは違って、精密で均整の取れた絵だった。

「絵を描くのって、仕事にはしないんですか？」

長崎くんは、笑顔を崩さないで言った。

「どうやろ？　ここで何個か売れたら、それで仕事なんかもしらんし。なんていうか、焼鳥屋も仕事、絵も仕事。仕事って言うんかはわからんけど、おれはどっちもちゃんとやってるで」

それを聞いて、寺島さんが長崎くんのキャップのつばを摑んでぐるっと後ろに回した。

「なんやかっこええこと言うな、長崎くん。搬入間に合わへんくてごねてたのに」

「知らん」

そこにささちゃんが唐揚げがたくさん載った大きなお皿を持ってきた。揚げ物とみそ汁の、おなかが空く匂いがした。早速、唐揚げを囓《かじ》りかけて、わたしは一度お箸を置いた。

「会社、引っ越すから、お昼来れなくなるんですよ」

「えー、そうなん。残念」

あんまり残念そうじゃなく寺島さんは言って、すぐに続けた。

「じゃあ、夜か休みに来て。友だち連れて」

「狭いとこやけど」

長崎くんが付け足して振り返ると、唐揚げを持ってきてそこに立ったままだったささちゃんと目が合った。ささちゃんは別のことを考えていたらしく、きょとんとしてみんなの顔を見回して、それから、なにに対してかわからない満面の笑顔を作って、

「ねっ」

と言った。笑ってごまかすな、と長崎くんがささちゃんの肩をつついた。


二時をほんのちょっと回ってしまったので、急ぎながらもこっそり誰もいない受付を入りかけて、ふと足を止めた。

受付のパーテーションの陰からは、総務部と人事部と経理部と経営統括部の全体が見渡せた。もともと使っていない机もあるので、人がいる席は半分ほどだったけれど、その全員が自分の席に座って仕事をしていた。話している人も誰もいなかったし、電話さえもしていなかった。パソコンや電卓のキーを押す音やプリンターで印刷をする音や、伝票をめくるかさかさした音だけが混ざり合って反響していた。ある程度の人数が一つの空間で仕事をしていると、ひっきりなしに電話がかかってきたり話に来る人がいたりするので、こんなことは珍しかった。

いちばん近くの机に座っている柏木さんは、書留の確認を取るノートの新しいページを作るために長い物差しでひたすら線を引いていて、まったくわたしに気がつかな

い。総務はみんな自分の席にいて、頭をつき合わせる格好でそれぞれの作業をしている。隣は人事部で、部長以外の四人は他の部署に見えにくい場所に置かれた人事関係用のパソコンの前に詰めて座っていて、背中ばかりが見えた。

　その向こうの経理部では、部長が腕組みをして目をつむって考え事をしているようで、すぐ横で課長がそろばんをはじいている。そろばんを日常的に使うのはこの課長だけで、他の人とは違う仕組みの仕事をしているように見える。鈴本さんと稲葉《いなば》さんは分厚く綴じられた伝票をめくって数字を確かめている。

　いちばん奥の経営統括部には、桜井さんもわたしもいないし、斎藤さんも席を外しているようだから三人しかいなくて広く見えた。山口課長も真剣な顔でパソコンの画面を見ていて、その向かいではいつもと同じように西川さんが背中を丸くしていた。誰もしゃべらずに、たぶん誰もさぼらないで自分の仕事を黙々としているのをこうやって一度に見渡すと、一年近く毎日ここにいるのに、知らない場所に間違って入ってきたみたいな気がしてきた。しばらくぼんやり立っていたら、

「遅刻やで」

　と背中を叩かれた。斎藤さんが通り過ぎた瞬間に、総務で電話が鳴って柏木さんが電話を取り、すぐに経営統括部からも電話のベルが聞こえてきたので、慌てて席に戻った。

五時過ぎに待っていたメールがやっと来て、それからはしょっちゅう時計を見て時間の進む遅さにじりじりしていた。朝の雪で出鼻をくじかれたせいか一日中仕事はうまく回らなくて、夕方になっても手持ち無沙汰《ぶさた》だったので余計に終業の時間が遠くて、仕方がないので引き出しの整理なんかをしてしまった。

「お疲れ」

更衣室に一番乗りして早々に着替えたところに、長田さんが入ってきた。

「そのセーター、かわいいね」

「このまえ、最終セールで買うたんです。七割引」

「あー、そんなんわたしも大好き。値札が三枚ぐらい重ねて貼られてて、この勝負、わたしの勝ちやなって思うわ」

長田さんは笑いながら、自分も着替え始めた。

「早よ着替えて、どっか行くの？　金曜日やし」

「友だちの、洋服屋で働いてるんですけど、そこのお店がリニューアルオープンでパーティーがあるんですよ。パーティーって、単に飲んでしゃべるだけやろうけど」

樹里に、正吉くんも誘ったら、と言われた。その返事が、五時にやっと返ってきた。正吉くんのメールには仕事が終わったら行くと書いてあった。八時か九時か、遅いかもしれへんけど、行く。

ごそごそとセーターに頭をつっこみながら、長田さんが言った。

「ええなあ。……冬って、コート着るやんか?」

「はい」

「家出るときからコート着て、会社に来て更衣室で制服に着替えるやろ。帰りはその反対。コートの中身の服は、更衣室で着替えるこの一瞬しか見えへんやん。せっかくおしゃれしても」

「そうですよねえ」

「ええなあ。今日は披露《ひろう》できるやん」

わたしは長田さんに大きく頷いて見せて、それからロッカーの戸の裏の小さい鏡で顔を確認した。自分は単純やな、と思うほどうれしそうな顔だった。

エレベーターの前で、山口課長に呼び止められた。

「ちょうどええとこにおった。これ、帰りにポスト入れといてくれる?」

「いいですよ。お疲れさまでした」

「お疲れ」

エレベーターに乗ったのは一人だったので、ドアが閉まるともう走り出したいような気持ちになって、山口課長から渡された大きな封筒で顔を扇いだ。一階でドアが開ききらないうちに早足で歩き出し、正面玄関の警備員さんに挨拶をしたら、もういいから走ろうと思った。

自動ドアが開いた瞬間から冷たい空気が流れ込んできて、頬が痛いくらいだったけれど、ずっと会社でぼんやりするくらいの暖房の中にいたからちょうどいいと思った。

まだ薄明るい御堂筋の歩道は、そろそろ仕事を終えて帰る人が増えだしていた。明るすぎるビルの照明に照らされながら、人の隙間を探して走った。走っているときも、途中でポストに封筒をつっこむときも、信号を足踏みして待っているあいだも、正吉くんのことを考えた。今日はどんな服を着てくるのか、どんなことを話すのか、想像してみた。大きく息を吸い込むと、冷たい風がのどの奥へ入ってきた。

「おつかれさーん」

急に声をかけられて振り返ると、信号の横の歩道を見慣れた運送会社のユニフォームのおっちゃんが台車を押してきて、目を凝らすと昼間にも会った中村さんだった。

「今日はほんま災難やわ」

中村さんは立ち止まらないですれ違い、角の雑居ビルの玄関へ向かった。わたしはその背中に、

「お疲れさまです。また、月曜日」

と声をかけた。中村さんは頭のうしろで大きく手を振った。

信号が青に変わる何秒か前に、わたしは抜け駆けして横断歩道を渡り始めた。走っても正吉くんに会えるのが早くなるわけじゃないけれど、とにかく今は歩くよりも走るほうが気持ちがよかった。

解説　もうそろそろ世界には慣れましたか？

山崎ナオコーラ

傑作だなあ、と思った。

会社を否定しない。

美大のデザイン科を出て、機械の会社に入社し、やりたい仕事ではない事務職に就いて一年目、恋も上手くいかない日々。

それでも、会社を否定しない。そこが面白いと思う。

会社、というか、もっと大きく言えば、社会だとか、世界だとかを、駄目って言わない。主人公は、会社での生活を、好きって思っている。

納得できない状況のことを、納得しないまま書ける。肯定できない事柄を、否定しないで描くことができる。柴崎友香は力強い。

自分が生きた時代の社会を、「平等で自由で正しい」などという状態だと認識した人は、この長い人類の歴史の中に、ほとんどいないだろう。だから、古今東西の作家は、文章を書きながら社会批判をして、主人公の境遇を嘆いたり、個人の尊重を訴えたりしてきた。

「自分は不遇だ」「この世界は居にくい」……。

しかし、そんなことは言い尽くされたのだ。柴崎友香は、そんなことは書かない。なんというか、例えば雨降りのときに、「晴れている状態が正しい」とは決して言わずに、ちゃんと雨に濡れて、水たまりをじっと見つめながら、空の動きを想像している。

「フルタイムライフ」の出だしで、主人公の個性は薄い。主人公だけでなく、会社の人たちはみんな、薄く見える。

会社の中に入ると「役割」ができるから、人は代替可能な存在になる。まるで、「個人」と反する論理の中で動かなくてはならないかのような気分になってしまう。

読み初めたときに、誰が誰だか分からない感覚に陥る。長田さん、水野さん、山口課長、桜井さん……。名字で呼ばれて、次々に登場する人物たちを、読者は受け止めきれない。「喜多川さん」が主人公の名だということさえ、すんなりとは頭に入ってこない。

現実の会社でも、そんな感じって、ちょっとある。入社したばかりのときは、輪郭のぼんやりした人たちが茫漠とした建物の中をうろうろしているように見える。だから、まだ覚えていない人に会ってしまったら、主語を抜かして会話して、愛想笑いして……。

そうして、現実の会社にいるとき以上に、小説を読んでいるときなんて、もっと人を覚えられない。「次に会うときまでに名前を覚えておかないと失礼になってしまう」というプレッシャーから自由なため（小説の登場人物から、「まだ私のこと、他の人と区別を付けられないの?!」なんて怒られることはない）、のん気になってしまって、読者は「誰と誰と誰がその場にいるのか、ぼんやりしてよく分からないけれど、机の前に人々がいるのね、こういう会話があるのね」という、現実でのぼんやり以上のぼんやり具合で、読み進めていく。

その後の場面で、会社から離れた途端、登場人物たちが名前で呼ばれ始める。友だちは「樹里」。主人公は「春子」であることが分かる。すると、世界に入り易くなる。学生時代からの友人たちと一緒にいるシーンの方が、読み易い。じゃ、友人たちとのシーンだけの方が面白い小説になるのかな？

あれ、でもそれでいいのかな？

学生の読者もいるかもしれないが、社会に出たことのある年齢の読者の方なら、きっと引っかかる箇所だろう。友だちと喋っているときの方がいきいきとするのは当たり前だ。しかし、単純にいきいきとすることではなく、複雑に生きていることを賛美することが、会社のシーンでは描かれているのだ。仕事をするということは、生きていることを肯定することだ。社会と個人。ああ、この組み合わせが小説を作るのだな。

さて、この小説のもうひとつの魅力として、「流れ」の作り方がある。情報を小出しにする。

小説というもの自体の素敵な要素なのだが、少しずつ状況や時間が提示されることによって、読者は牽引されるものだ。この小説は、ストーリーのないことをつらつら書いてある小説ではなくて、流れが構築されてあるものだと、私は思う。だって、次のページが気になりながら、読み進めたもの。

六月のある日、他の会社から営業の男の子がやってきて、主人公が応対する。どうやら、相手も新入社員らしい。同い年くらいか？

そうは言っても、学生時代の友人と同じような喋り方をするわけにはいかない。制服とスーツで向かい合うと、個人的なことを話すのは気が引ける。しかし、喋っているうちにふと、

「わたし、今日、誕生日なんですよね」

と言ってしまう（それより少し前のページにある「二十二歳から二十三歳になったからといって、顔も体も考えていることも急になにかが違ったりしないのはだいぶ前から知っているけれど、それでも、なにか違っていてもいいのにな、と思いながら

……」の文章で前触れがあるのだが、ここで読者もやっと、「あ、やっぱり主人公は今日が誕生日なんだ」と、ちゃんと知ることになる)。この男の子とロマンスが生まれるのかな、と期待してしまうのだが、そうはならなくて残念だ。でも、この引っ張り方が、全体を通しての流れを作っているのだと思う。

社会にいることと、個人でいることが、両立していく。

変なユニホームを着せられること、「そこの女の子」と呼ばれること、そういったことに主人公は、決して納得していないと思う。

この会社は安定した経営をしていない、リストラがあるし、それなのに古い体質のままでのんびりと仕事をしていて、このままでいられるはずがない。なんにしても女子社員はこの会社でゆくゆく「出世」することはないし、転職に使える「能力」も得られない。それらのことを、はっきりと分かっている。しかし、この日々を否定しないのだ。

深く考えずに読むと、「フルタイムライフ」を、生活の雑多な事柄に関して、特別な筆致を使わずに、そのまま切り取るように描いているだけのもののように誤読しそうになるのだが、全体像をつかみながら読めば、作者が巨視的にこの小説を作り上げようとしたことが分かる。細かい描写をたくさん出すわりには、どうもこの作者が、物事に対して一歩引いて、俯瞰するのが得意な人のように思えてならないのだ。

もともと組織というものは、個人が集まってできあがっているのだから、個人からすごくかけ離れた概念であるはずがない。

集団に入ることが、人間にとって居にくいことになるのは間違いないが、人間は集団を好きにはなれる。

柴崎友香は、世界を批判しない。

十月、みんなから「苦手」だと評されてしまっている西田常務と一緒に、電車に揺られるシーンが秀逸だ。「わたしはまだ年の離れた会社の人と話すときの語彙が足りなくて」上手く会話ができない。しかし、西田常務の人生に考えを巡らせているうちに、なんとなく温かい気持ちになる。シーケンスは次の文章で締められる。

「もうそろそろ仕事には慣れましたか？」

西田常務が初めてわたしの顔を見て聞いた。

私には、この西田常務の科白が、生きていく勇気についての質問のように聞こえる。

本書は二〇〇五年四月、単行本としてマガジンハウスより刊行されました。
初出――『ウフ.』二〇〇四年五月号～二〇〇五年二月号

フルタイムライフ

二〇〇八年一一月二〇日　初版発行
二〇一五年　六　月三〇日　2刷発行

著　者　柴崎友香《しばさきともか》
発行者　小野寺優
発行所　株式会社河出書房新社
〒一五一 - 〇〇五一
東京都渋谷区千駄ヶ谷二 - 三二 - 二
電話〇三 - 三四〇四 - 八六一一（編集）
〇三 - 三四〇四 - 一二〇一（営業）
http://www.kawade.co.jp/

ロゴ・表紙デザイン　粟津潔
本文フォーマット　佐々木暁
本文組版　株式会社キャップス
印刷・製本　中央精版印刷株式会社

Printed in Japan　ISBN978-4-309-40935-1

青春デンデケデケデケ

芦原すなお 40352-6

1965年の夏休み、ラジオから流れるベンチャーズのギターがぼくを変えた。“やーっぱりロックでなけらいかん”――誰もが通過する青春の輝かしい季節を描いた痛快小説。文藝賞・直木賞受賞。映画化原作。

A感覚とV感覚

稲垣足穂 40568-1

永遠なる“少年”へのはかないノスタルジーと、はるかな天上へとかよう晴朗なA感覚――タルホ美学の原基をなす表題作のほか、みずみずしい初期短篇から後期の典雅な論考まで、全14篇を収録した代表作。

オアシス

生田紗代 40812-5

私が〈出会った〉青い自転車が盗まれた。呆然自失の中、私の自転車を探す日々が始まる。家事放棄の母と、その母にパラサイトされている姉、そして私。女三人、奇妙な家族の行方は？　文藝賞受賞作。

助手席にて、グルグル・ダンスを踊って

伊藤たかみ 40818-7

高三の夏、赤いコンバーチブルにのって青春をグルグル回りつづけたぼくと彼女のミオ。はじけるようなみずみずしさと懐かしく甘酸っぱい感傷が交差する、芥川賞作家の鮮烈なデビュー作。第32回文藝賞受賞。

ロスト・ストーリー

伊藤たかみ 40824-8

ある朝彼女は出て行った。自らの「失くした物語」をとり戻すために――。僕と兄アニーとアニーのかつての恋人ナオミの３人暮らしに変化が訪れた。過去と現実が交錯する、芥川賞作家による初長篇にして代表作。

狐狸庵交遊録

遠藤周作 40811-8

遠藤周作没後十年。類い希なる好奇心とユーモアで人々を笑いの渦に巻き込んだ狐狸庵先生。文壇関係のみならず、多彩な友人達とのエピソードを記した抱腹絶倒のエッセイ。阿川弘之氏との未発表往復書簡収録。

肌ざわり

尾辻克彦 40744-9

これは私小説？　それとも哲学？　父子家庭の日常を軽やかに描きながら、その視線はいつしか世界の裏側へ回りこむ……。赤瀬川原平が尾辻克彦の名で執筆した処女短篇集、ついに復活！　解説・坪内祐三

父が消えた

尾辻克彦 40745-6

父の遺骨を納める墓地を見に出かけた「私」の目に映るもの、頭をよぎることどもの間に、父の思い出が滑り込む……。芥川賞受賞作「父が消えた」など、初期作品５篇を収録した傑作短篇集。解説・夏石鈴子

東京ゲスト・ハウス

角田光代 40760-9

半年のアジア放浪から帰った僕は、あてもなく、旅で知り合った女性の一軒家を間借りする。そこはまるで旅の続きのゲスト・ハウスのような場所だった。旅の終りを探す、直木賞作家の青春小説。解説＝中上紀

ぼくとネモ号と彼女たち

角田光代 40780-7

中古で買った愛車「ネモ号」に乗って、当てもなく道を走るぼく。とりあえず、遠くへ行きたい。行き先は、乗せた女しだい——直木賞作家による青春ロード・ノベル。解説＝豊田道倫

ホームドラマ

新堂冬樹 40815-6

一見、幸せな家庭に潜む静かな狂気……。あの新堂冬樹が描き出す“最悪のホームドラマ”がついに文庫化。文庫版特別書き下ろし短篇「賢母」を収録！　解説＝永江朗

母の発達

笙野頼子 40577-3

娘の怨念によって殺されたお母さんは〈新種の母〉として、解体しながら、発達した。五十音の母として。空前絶後の着想で抱腹絶倒の世界をつくる、芥川賞作家の話題の超力作長篇小説。

きょうのできごと

柴崎友香　40711-1

この小さな惑星で、あなたはきょう、誰を想っていますか……。京都の夜に集まった男女が、ある一日に経験した、いくつかの小さな物語。行定勲監督による映画原作、ベストセラー!!

青空感傷ツアー

柴崎友香　40766-1

超美人でゴーマンな女ともだちと、彼女に言いなりな私。大阪→トルコ→四国→石垣島。抱腹絶倒、やがてせつない女二人の感傷旅行の行方は？映画「きょうのできごと」原作者の話題作。解説＝長嶋有

次の町まで、きみはどんな歌をうたうの？

柴崎友香　40786-9

幻の初期作品が待望の文庫化！　大阪発東京行。友人カップルのドライブに男二人がむりやり便乗。四人それぞれの思いを乗せた旅の行方は？　切なく、歯痒い、心に残るロード・ラブ・ストーリー。解説＝綿矢りさ

ユルスナールの靴

須賀敦子　40552-0

デビュー後十年を待たずに惜しまれつつ逝った筆者の最後の著作。20世紀フランスを代表する文学者ユルスナールの軌跡に、自らを重ねて、文学と人生の光と影を鮮やかに綴る長編作品。

ラジオ　デイズ

鈴木清剛　40617-6

追い払うことも仲良くすることもできない男が、オレの六畳で暮らしている……。二人の男の短い共同生活を奇跡的なまでのみずみずしさで描き、たちまちベストセラーとなった第34回文藝賞受賞作！

サラダ記念日

俵万智　40249-9

〈「この味がいいね」と君が言ったから七月六日はサラダ記念日〉——日常の何げない一瞬を、新鮮な感覚と溢れる感性で綴った短歌集。生きることがうたうこと。従来の短歌のイメージを見事に一変させた傑作！

香具師の旅

田中小実昌　40716-6

東大に入りながら、駐留軍やストリップ小屋で仕事をしたり、テキヤになって北陸を旅するコミさん。その独特の語り口で世の中からはぐれてしまう人びとの生き方を描き出す傑作短篇集。直木賞受賞作収録。

ポロポロ

田中小実昌　40717-3

父の開いていた祈禱会では、みんなポロポロという言葉にならない祈りをさけんだり、つぶやいたりしていた——表題作「ポロポロ」の他、中国戦線での過酷な体験を描いた連作。谷崎潤一郎賞受賞作。

さよならを言うまえに　人生のことば292章

太宰治　40224-6

生れて、すみません——39歳で、みずから世を去った太宰治が、悔恨と希望、恍惚と不安の淵から、人生の断面を切りとった、煌く言葉のかずかず。テーマ別に編成された、太宰文学のエッセンス！

新・書を捨てよ、町へ出よう

寺山修司　40803-3

書物狂いの青年期に歌人として鮮烈なデビューを飾り、古今東西の書物に精通した著者が言葉と思想の再生のためにあえて時代と自己に向けて放った普遍的なアジテーション。エッセイスト・寺山修司の代表作。

枯木灘

中上健次　40002-0

自然に生きる人間の原型と向き合い、現実と物語のダイナミズムを現代に甦えらせた著者初の長篇小説。毎日出版文化賞と芸術選奨文部大臣新人賞に輝いた新文学世代の記念碑的な大作！

千年の愉楽

中上健次　40350-2

熊野の山々のせまる紀州南端の地を舞台に、高貴で不吉な血の宿命を分かつ若者たち——色事師、荒くれ、夜盗、ヤクザら——の生と死を、神話的世界を通し過去・現在・未来に自在に映しだす新しい物語文学！

無知の涙

永山則夫　40275-8

４人を射殺した少年は獄中で、本を貪り読み、字を学びながら、生れて初めてノートを綴った——自らを徹底的に問いつめつつ、世界と自己へ目を開いていくかつてない魂の軌跡として。従来の版に未収録分をすべて収録。

マリ&フィフィの虐殺ソングブック

中原昌也　40618-3

「これを読んだらもう死んでもいい」（清水アリカ）——刊行後、若い世代の圧倒的支持と旧世代の困惑に、世論を二分した、超前衛—アヴァンギャルド—バッド・ドリーム文学の誕生を告げる、話題の作品集。

子猫が読む乱暴者日記

中原昌也　40783-8

衝撃のデビュー作『マリ＆フィフィの虐殺ソングブック』と三島賞受賞作『あらゆる場所に花束が……』を繋ぐ、作家・中原昌也の本格的誕生と飛躍を記す決定的な作品集。無垢なる絶望が笑いと感動へ誘う！

リレキショ

中村航　40759-3

“姉さん”に拾われて“半沢良”になった僕。ある日届いた一通の招待状をきっかけに、いつもと少しだけ違う世界がひっそりと動き出す。第39回文藝賞受賞作。解説＝GOING UNDER GROUND 河野丈洋

夏休み

中村航　40801-9

吉田くんの家出がきっかけで訪れた二組のカップルの危機。僕らのひと夏の旅が辿り着いた場所は——キュートで爽やか、じんわり心にしみる物語。『100回泣くこと』の著者による超人気作がいよいよ文庫に！

黒冷水

羽田圭介　40765-4

兄の部屋を偏執的にアサる弟と、執拗に監視・報復する兄。出口を失い暴走する憎悪の「黒冷水」。兄弟間の果てしない確執に終わりはあるのか？史上最年少17歳・第40回文藝賞受賞作！　解説＝斎藤美奈子

にごりえ 現代語訳・樋口一葉

伊藤比呂美／島田雅彦／多和田葉子／角田光代〔現代語訳〕 40732-6

深くて広い一葉の魅力にはいりこむためにはここから。「にごりえ・この子・裏紫」＝伊藤比呂美、「大つごもり・われから」＝島田雅彦、「ゆく雲」＝多和田葉子、「うつせみ」＝角田光代。

ブエノスアイレス午前零時

藤沢周 40593-3

新潟、山奥の温泉旅館に、タンゴが鳴りひびく時、ブエノスアイレスの雪が降りそそぐ。過去を失いつつある老嬢と都会に挫折した青年の孤独なダンスに、人生のすべてを凝縮させた感動の芥川賞受賞作。

さだめ

藤沢周 40779-1

ＡＶのスカウトマン・寺崎が出会った女性、佑子。正気と狂気の狭間で揺れ動く彼女に次第に惹かれていく寺崎を待ち受ける「さだめ」とは…。芥川賞作家が描いた切なくも一途な恋愛小説の傑作。解説・行定勲

アウトブリード

保坂和志 40693-0

小説とは何か？　生と死は何か？　世界とは何か？　論理ではなく、直観で切りひらく清新な思考の軌跡。真摯な問いかけによって、若い表現者の圧倒的な支持を集めた、読者に勇気を与えるエッセイ集。

最後の吐息

星野智幸 40767-8

蜜の雨が降っている、雨は蜜の涙を流してる――ある作家が死んだことを新聞で知った真楠は恋人にあてて手紙を書く。鮮烈な色・熱・香が奏でる恍惚と陶酔の世界。第34回文藝賞受賞作。解説＝堀江敏幸

泥の花 「今、ここ」を生きる

水上勉 40742-5

晩年の著者が、老いと病いに苦しみながら、困難な「今」を生きるすべての人々に贈る渾身の人生論。挫折も絶望も病いも老いも、新たな生の活路に踏み出すための入口だと説く、自立の思想の精髄。

英霊の聲

三島由紀夫　40771-5

繁栄の底に隠された日本人の精神の腐敗を二・二六事件の青年将校と特攻隊の兵士の霊を通して浮き彫りにした表題作と、青年将校夫妻の自決を題材とした「憂国」、傑作戯曲「十日の菊」を収めたオリジナル版。

サド侯爵夫人／朱雀家の滅亡

三島由紀夫　40772-2

“サド侯爵は私だ！”――獄中の夫サドを20年待ち続けたルネ夫人の愛の思念とサドをめぐる６人の女の苛烈な対立から、不在の侯爵の人間像を明確に描き出し、戦後戯曲の最大傑作と称される代表作を収録。

アブサン物語

村松友視　40547-6

我が人生の伴侶、愛猫アブサンに捧ぐ！　21歳の大往生をとげたアブサンと著者とのペットを超えた交わりを、出逢いから最期を通し、ユーモアと哀感をこめて描く感動のエッセイ。ベストセラー待望の文庫化。

ベッドタイムアイズ

山田詠美　40197-3

スプーンは私をかわいがるのがとてもうまい。ただし、それは私の体を、であって、心では決して、ない。――痛切な抒情と鮮烈な文体を駆使して、選考委員各氏の激賞をうけた文藝賞受賞のベストセラー。

人のセックスを笑うな

山崎ナオコーラ　40814-9

19歳のオレと39歳のユリ。恋とも愛ともつかぬいとしさが、オレを駆り立てた――「思わず嫉妬したくなる程の才能」と選考委員に絶賛された、せつなさ100％の恋愛小説。第41回文藝賞受賞作。

インストール

綿矢りさ　40758-6

女子高生と小学生が風俗チャットで一儲け。押入れのコンピューターから覗いたオトナの世界とは?!　史上最年少芥川賞受賞作家のデビュー作／第38回文藝賞受賞作。書き下ろし短篇併録。解説＝高橋源一郎

著訳者名の後の数字はISBNコードです。頭に「978-4-309」を付け、お近くの書店にてご注文下さい。